LE
DRAGON ROUGE.

Ce roman ne pourra être reproduit qu'avec l'autorisation de l'éditeur.

Paris. — Imprimerie de BOULÉ et Cᵉ, rue Coq-Héron, 3.

LE
DRAGON ROUGE

PAR

M. LÉON GOLZAN.

II.

PARIS.

AU COMPTOIR DES IMPRIMEURS-UNIS,

QUAI MALAQUAIS, 15.

—

1843.

I.

Depuis long-temps le marquis et la marquise de Courtenay avaient quitté la Pologne
pour aller habiter l'Italie. C'était se rapprocher de la France, où Casimire avait le plus
grand désir de rentrer, la France, seule con-

trée où elle pouvait faire élever dignement
son fils Tristan et sa fille Léonore. Elle se fixa
à Florence, la ville des sombres politiques du
moyen-âge, la patrie de ses aïeux.

L'air de cette résidence donna à ses pensées
cette puissance de concentration si recom-
mandée par son père ; ses regrets se mêlèrent
à ses études, les brunirent, et si elle resta
femme par la beauté, elle augmenta la teinte
virile de son intelligence en y imprimant pro-
fondément les exemples de tous les grands
citoyens de la cité de Médicis. Elle lut leurs
ouvrages, qu'elle comprit mieux sous le ciel
qui les avait inspirés de sa lumière ardente et
de sa chaleur active ; elle les médita ensuite à
l'ombre des monumens, pleins encore du bruit
des révoltes et tachés du sang des trahisons
domestiques ; elle s'expliqua leur caractère
au milieu d'une société dont quelques usages
avaient pu changer, mais dont les mœurs hy-

pocritement serviles étaient telles qu'autrefois. Elle apprit comment on parvenait à arrêter la croissance d'un peuple sous des jougs de roses, à endormir son énergie dans des fêtes perpétuelles, à lui retirer la bourse de la ceinture en l'enivrant avec le vin de Chypre et de Scyros. Ceci lui révéla un des grands moyens de gouverner les hommes.

Elle vit qu'autour d'elle tout se traitait en riant, en dansant, en chantant, tout, jusqu'au crime ; l'assassinat et l'amour, l'empoisonnement et l'intrigue, les plaisirs et la politique. Cette société fut son livre ; et, préparée comme elle l'était par son père à cette étrange initiation, elle posséda, après deux années de séjour à Florence, l'Italie entière, son école subtile comme le poison des Borgia, son implacable logique, sa patience vindicative ; et, selon qu'il aurait plu à Casimire de se placer, ou au point de vue de la tyrannie ou au point de vue contraire, elle avait désormais acquis une supériorité d'intelligence dont elle garda le secret.

Elle suivit d'autant plus fatalement cette pente d'étude au bord de laquelle son père l'avait placée, qu'elle avait besoin de s'étourdir sur sa position ; elle ne pouvait s'habituer à la pensée d'être la femme du marquis de Courtenay. Son cœur, gagné par le beau mouvement de celui du commandeur, son cœur, cet ennemi éternel de son esprit, lui avait conseillé ce dévoûment, et elle avait spontanément obéi sans calculer les suites de son héroïsme.

Les suites devaient être graves.

La marquise n'avait pas attendu de respirer l'air de l'Italie où le soleil, agissant sur les corps comme sur les plantes, développe dans les uns aussi bien que dans les autres tout ce qu'ils recèlent de sève et d'éclat, pour découvrir de quel fardeau elle avait écrasé sa vie. Placée entre l'homme qu'elle avait épousé sans le moindre élan de tendresse, et l'homme qu'elle aimait au point d'avoir consenti pour lui à ce mariage, elle n'éprouvait pas un mouvement de pitié en faveur de l'un qui ne fût une pensée de regret en faveur de l'autre ; et cet autre, comme pour éterniser le combat, elle le voyait debout sans cesse auprès d'elle, triste et découragé comme elle, renouvelant à chaque heure comme elle l'effort de son sacrifice, s'épuisant à le maintenir à une hauteur héroïque, sans oser se plaindre, de peur que sa plainte n'éveillât une consolation. Casimire dut chercher alors dans la société sévère des livres une préoccupation à ses déchiremens intérieurs. Ainsi les cénobites allaient autrefois chercher au désert l'isolement absolu dont ils avaient besoin pour mieux oublier le monde qu'ils fuyaient, qu'ils regrettaient en fuyant. Ce courage imposé ne la trouvait pas toujours assez forte. Il l'emportait sur la résistance, rompait les cercles de sa volonté, et c'est aux pieds de celui-là même en qui elle espérait rencontrer un appui que, brisée par la violence intérieure de ses sentimens, elle achevait sa défaite. Défaite silencieuse comme ses combats, et dont le commandeur la relevait doucement quand ce n'était pas à son tour à fléchir.

Le commandeur avait voulu cesser d'habiter avec eux l'Italie ; il avait demandé à Casimire la triste faveur de ne plus respirer l'air qu'elle respirait dans cette atmosphère de la Toscane qui rend si pénible le devoir, mais Casimire l'avait retenu en lui disant que si elle avait eu la force de se marier avec le marquis, elle n'aurait jamais celle de vivre seule avec lui. Il lui fallait, pour son repos, avoir toujours sous les yeux le pilote qui l'avait conduite dans ce dangereux port, près d'elle celui qui l'avait entraînée à consentir à ce mariage; il lui importait de retrouver sans cesse la cause de sa faiblesse pour ne pas la maudire.

Le commandeur avait donc consenti à rester en Italie, à vivre avec son frère et Casimire dans la belle propriété qu'ils habitaient sur l'Arno, à deux lieues de Florence.

Il se résigna au triste spectacle de voir Casimire attachée sans conviction à la vie de son frère, s'efforcer de la soutenir par des soins affectés, et renouveler ainsi, à chaque instant, le mensonge d'une position dont il s'accusait. Il savait que Casimire n'aimait pas le marquis; il savait donc qu'elle jouait une comédie lorsqu'elle souriait modestement à ceux qui, dans le monde, la félicitaient d'être la bonne et docile compagne de son frère. Avait-il le droit de s'en prendre à d'autres qu'à lui-même de cette hypocrisie conjugale? Il l'avait faite, il l'avait arrachée à l'excès de tendresse que Casimire lui vouait. En sorte qu'il ne savait, le malheureux, s'il devait admirer Casimire ou la condamner. Cette vie de contrainte était un supplice à leur âge ; Casimire atteignait à peine sa dix-septième année, le commandeur n'avait pas encore vingt et un ans. Et ils étaient en Italie ! Ils n'avaient qu'eux pour guides, pour conseil, pour obstacle, car ce n'était pas le marquis de Courtenay qui pouvait, par les ombrages d'une jalousie dont ils auraient béni les soupçons, les tenir l'un envers l'autre dans un état de salutaire défiance. Si l'excès de douleur dans ce corps affaibli avait un jour éveillé la pensée du suicide, l'excès d'une joie inattendue avait, pour ainsi dire, dérangé chaque pierre de son architecture intellectuelle ébranlée. En proie à l'égarement tandis qu'il était aux prises avec le mal, il était tombé après une secousse aussi violente, mais en sens contraire, dans une effrayante aberration d'esprit.

Le bonheur l'avait heurté, poussé hors de la voie déjà si étroite d'une raison effacée par l'excès des plaisirs.

Ces symptômes de folie observés chez lui par son frère le commandeur, et qui avaient déterminé celui-ci au plus cruel des renonce-mens, au lieu de disparaître avec la cause de sa douleur avaient persisté en changeant de nature. La déviation de son intelligence était notoire si elle n'offrait pas la gravité de la folie. Le marquis changeait de manie selon les saisons, et souvent sans motif appréciable. C'é-taient des bizarreries inouïes, rêves d'un cerveau dérangé, mais tranquille; funeste tranquillité qui ne laissait pas prévoir de guérison. Tel jour, le marquis s'imaginait être oiseau, et il prétendait avoir des ailes d'hirondelle; il gazouillait, béquetait, il croyait voler de branche en branche. Il demandait si l'on avait eu soin de lui préparer sa cage. Il se perchait sur les tables, sifflait comme un merle, folie qu'il fallait pourtant cacher avec pudeur aux domestiques pour qu'ils ne la fissent pas connaître au dehors. Une autre fois, il cessait d'être oiseau, il devenait plante. Alors il allait se mettre au soleil, pour mieux fleurir, disait-il. Il grondait parce qu'on ne l'arrosait pas ou parce qu'on ne le rentrait pas le soir. Il était tulipe, jasmin. « Cueillez-moi, disait-il; il est temps de me placer sur la cheminée; » ou bien: « Je veux aller m'offrir comme bouquet à madame la comtesse de.... qui aime passionnément les belles fleurs. J'irai au bal avec elle ce soir; je ferai bien enrager son tigre florentin, son mari. » La semaine suivante c'était une autre manie.

C'est avec une piété filiale que le commandeur veillait sur l'état de son frère, auquel il n'y avait aucun remède réel à apporter.

Le bonheur l'avait rendu fou, et il était heureux dans sa folie.

Ce fantôme était cependant une barrière élevée entre Casimire et le commandeur. C'était la seule. Ils s'efforçaient de la rendre même plus redoutable et plus sacrée à mesure que ce fantôme se réduisait de plus en plus, pour eux, à la mincité d'une ombre. La liberté qu'il leur laissait de se voir, liberté aussi absolue que s'il n'eût pas existé, les épouvantait, car elle les exposait davantage. Le devoir, aux prises avec de plus dures exigences, les exaltait; le soin de s'éviter, aux heures dangereuses du soir, quand la lune allume de ses lueurs mélancoliques la campagne et répand ses appels mystérieux sous le ciel, ce soin leur devenait au contraire un prétexte pour se rencontrer. Ils se mouraient d'amour depuis qu'ils ne se parlaient plus d'amour. Ils s'attiraient malgré eux; les allées semblaient se courber et se

rapprocher pour qu'ils se retrouvassent au
même point dans les bois de pins, le matin,
lorsque la campagne se lève et jette loin
d'elle ses voiles de rosée. Ils avaient cueilli
par hasard la même fleur, eu la même pensée
en entendant une cloche dans le lointain; la
même villageoise les avait salués en passant.
C'est ce qu'ils se confiaient en descendant les
coteaux boisés de cèdres, voilés d'ombre,
bleuis de violettes, parfumés de feuilles de men-
the. Ils avaient peur de s'asseoir, et pourtant
ils s'asseyaient; ils avaient peur de se taire, et
pourtant ils se taisaient des quarts d'heure en-
tiers; ils avaient peur d'être trop près l'un de
l'autre, et les rubans de la coiffure de Casimire
venaient effleurer le front du commandeur; ils
avaient peur de tout, et tout les menaçait dans
cette retraite. Il n'est pas jusqu'aux deux chers
petits enfans de la marquise, Tristan et Léonore, qui ne fussent d'éternels objets d'inquié-

tude pour eux. Tristan et Léonore ressem-
blaient au commandeur, Léonore surtout;
aussi Casimire n'osait presque jamais l'embrasser devant lui, si ce n'est lorsqu'elle voulait
cacher quelque larme ou quelque rougeur
subitement venue.

Leur vie devait être une épreuve constamment renouvelée, dont Dieu seul connaissait
le terme et l'issue. Que de fois la loyauté antique du commandeur et la force d'esprit de
Casimire, elle qui pressait entre les plis de son
beau front, lorsqu'elle méditait, le passé et
l'avenir des nations, arrivèrent aux avant-
derniers soupirs d'une lutte courageuse!

Vers le milieu de l'automne, et pendant une
trève bien marquée dans les manies du marquis, Casimire exprima un jour le vif désir de
consulter un ouvrage de l'historien Guichar-
din, dont le manuscrit original était à Rome,
à la bibliothèque du Vatican. Le marquis en-

gagea beaucoup Casimire à le satisfaire. Rome n'est pas loin de Florence. C'était une absence de quelques jours, un voyage charmant à entreprendre dans la saison où l'on était. Ne pouvant accompagner sa femme, le marquis de Courtenay pria son frère de le remplacer. Le commandeur ne connaissait pas Rome : l'occasion venait à merveille.

Le marquis combattit un à un tous les refus de son frère ; il insista, il pria, il n'admit aucune raison, aucun prétexte de sa part pour ne pas céder. Enfin, il décida le commandeur. Casimire resta neutre dans cette négociation. Mais, quand le marquis ne fut plus présent, le commandeur répéta ses scrupules à Casimire. Ne voulant pas, cependant, aux yeux d'une femme qui les comprenait si peu, se croire trop dangereux, il se borna à lui demander timidement si elle était décidée à braver l'opinion des gens disposés à ne pas acccepter

ce voyage sans interprétations? N'exposaient-
ils pas l'un et l'autre le marquis à jouer un rôle
fâcheux dans les commentaires de la calomnie?

Casimire, n'acceptant la contradiction que
sur le terrain factice où le commandeur l'avait
placée, soutint qu'il n'appartenait pas à la so=
ciété italienne, la plus relâchée du monde, de
blâmer le voyage d'une belle-sœur et d'un
beau-frère. Ceci répondait victorieusement au
commandeur au sujet des propos qu'il craignait
de la part des personnes qui le connaissaient.
Pour rassurer les étrangers, ils se feraient
passer chez eux pour le mari et la femme. Ainsi,
au dedans comme au dehors, plus d'aliment
à la médisance. Au surplus, elle ne pouvait
accomplir le voyage de Rome sans être accom-
pagnée, et ce voyage était indispensable. Le
voyage à Rome fut donc convenu.

Quelques jours après, ils partirent; ils quit-

tèrent le marquis de Courtenay, qu'ils laissè-
rent dans une des situations d'esprit les plus
lucides où il eût été jusqu'alors.

Ils jouirent d'un temps admirable; en sortant
de la zône, belle, mais restreinte, de leur
villa sur l'Arno, ils secouèrent des pensées
qui avaient pesé trop long-temps sur leur front.
Le voyage fut tout à la science, à la nature, à
l'histoire, à l'érudition. Un air différent leur
fit des idées nouvelles, et, comme conseillés
par un instinct pudique, ils évitaient de s'aban-
donner au silence, ce dangereux tiers dans
certains tête-à-tête. Enfin, ils arrivèrent à
Rome.

Pendant les huit jours qu'ils y passèrent, ils
furent trop occupés de recherches bibliogra-
phiques pour se laisser envahir par la langou-
reuse mélancolie qui s'élève du fond de cette
ville morte et fait replier avec tendresse l'âme
sur elle-même, comme il arrive quand on se

promène sous les cyprès d'un cimetière. Les morts font aimer. Dès que le travail de Casimire fut fini, ils remontèrent aussitôt en voiture; le front de leurs chevaux se tourna du côté de Florence, ville que l'exil leur avait rendue aussi chère qu'une seconde patrie.

Le premier jour et la première nuit se passèrent assez heureusement.

Mais, vers la fin de la seconde journée, tandis qu'ils gravissaient le revers d'une colline en broyant une route fort mal entretenue, l'un des deux chevaux s'abattit, et dans sa chute, causée par une ornière échappée à la perspicacité de leur cocher romain, qui ne conduisait pas avec la supériorité de Néron, il se cassa la jambe. Un cheval qui se casse la jambe rend inutile non seulement le cheval tout entier, mais encore le cheval attaché avec lui au même timon, et, par conséquent, annule l'équipage,

dont toute l'existence réside ainsi dans u e
jambe de cheval.

Casimire et le commandeur, forcés de descendre, préférèrent se rendre à pied tous les
deux à un village dont ils voyaient briller les
lumières à quelques cinq cents pas, à l'entrée d'un bois, que d'y envoyer leur cocher
demander un secours qui n'arriverait que le
lendemain.

Le cocher garda donc la voiture, et le commandeur et Casimire gagnèrent le bois à la
marge duquel ils supposaient qu'était le village
aperçu de loin.

La nuit ne descend pas dans les climats
chauds, elle tombe; elle n'a pas plus tôt atteint le zénith où viennent expirer les dernières lames d'or du soleil couchant, qu'elle plane
déjà sur la cime des arbres, jetant de tous côtés son crêpe sombre, vaste tente déployée.
Casimire et son compagnon faillirent s'égarer

avant d'arriver à l'endroit qu'ils ne découvraient plus maintenant qu'à travers le fouillis d'arbres brunis par la nuit.

Le village, qui, de loin, leur avait paru à l'entrée du bois, en occupait le centre. Après plusieurs fausses marches, ils arrivèrent cependant à la ferme isolée, prise par eux à distance pour un village. Tout y était en mouvement. Des villageois soupaient sous une treille et chantaient au son d'un violon et d'une cornemuse. Ils fêtaient une noce ; les nouveaux mariés occupaient la place d'honneur sous un dais de satin rose, soutenu par les jets vigoureux de l'antique vigne, autre dais de verdure qui couvrait toute l'assemblée. La mariée, brune et naïve comme l'églogue latine, était assurément la fille du maître de la ferme, le seigneur rustique de tous les vassaux assis à sa table.

La présence des étrangers les étonna à cette

heure. L'archet resta suspendu à la main de l'Apollon champêtre, et le vent de la cornemuse détendue se prolongea long-temps comme un soupir.

En quelques mots, le commandeur apprit au père de la mariée l'accident qui les amenait, lui et sa femme, titre, on s'en souvient, qu'avait voulu prendre Casimire. Pendant qu'il parlait, les curieuses vilanelles avaient entouré Casimire, et lui offraient, dans des feuilles de figuier à larges côtes, les fruits du dessert, et sur une soucoupe de faïence, le muscatello. Des valets de ferme reçurent aussitôt l'ordre d'aller dégager la voiture des voyageurs, et ceux-ci furent priés de prendre part aux plaisirs de la noce. Ils ne pouvaient guère espérer d'ailleurs de quitter la ferme avant le lendemain matin, la poste aux chevaux étant bien loin de la forêt. Ils se résignèrent joyeusement.

Le commandeur passa du côté de la table où étaient les hommes, Casimire du côté où étaient assises les jeunes villageoises, et le repas ne fut plus troublé sous ce dôme d'étoiles aperçu à travers un réseau de ceps de vigne.

Assise à cette table dressée au milieu d'un bois comme dans les contes de fées, mêlée à cette joie plus mouvante que les feuilles du peuplier, à cette société heureuse et gaie sans autre cause de joie qu'un mariage, quand on se marie tant sur la terre, Casimire se sentit changée ; elle fut comme métamorphosée dans ce pays des vieilles métamorphoses païennes. Au milieu de la nuit, entre deux danses animées, elle détacha son collier d'or et l'attacha au cou de la jolie mariée. Cette générosité inouïe, ce magnifique présent, exalta toutes ces têtes italiennes déjà si échauffées par l'ivresse du bal.

On couronna Casimire de deux rameaux
de myrtes, et les poètes de la vallée impro-
visèrent dans la sérénité de la nuit des vers
sur sa beauté, sur sa jeunesse, sur la gloire de
son mari. Enfin, elle partagea les honneurs
de la fille de la maison, de la mariée. Celle-ci
était avide de prouver sa reconnaissance; elle
s'inquiétait de payer à sa manière une partie
du riche cadeau qu'elle avait reçu de Casimire.
Elle dit quelques mots à l'oreille de ses amies;
son mari les confia avec le même mystère
aux parens de son beau-père, et un projet fut
arrêté entre eux.

A deux heures après minuit, quand la nuit
se faisait plus fraîche, et que les enfans s'en-
dormaient, les mains pleines de gâteaux et
de fruits, sur les genoux de leur mère, les
invités et les invitées prirent les flambeaux
de la table, et dirent au commandeur et à
Casimire qu'ils allaient avoir l'honneur de les

conduire à la chambre qui leur était destinée.

Le commandeur comprit alors, mais trop tard, la faute qu'il avait faite en s'annonçant lui et Casimire, chez ces bonnes gens, comme le mari et la femme. Mais Casimire l'avait voulu. Il n'était plus temps de revenir sur cette faute. Que d'explications! pourquoi avoir menti? La haie d'ailleurs était formée ; le cortège d'honneur les attendait.

Ils marchèrent donc au milieu de la foule qui les accompagna jusqu'à la porte de la ferme. Là, le jeune marié leur dit d'un accent pénétré de gratitude qu'il n'avait pas trouvé de meilleur moyen de montrer combien il était sensible à la visite d'hôtes aussi nobles, aussi bons, aussi distingués, que de leur céder la chambre nuptiale. Ils ne devaient pas s'inquiéter de ce dérangement ; il conduirait sa femme chez lui, à la ferme de son père, qui n'était qu'à une demi-lieue de là. Après un

combat de générosité, où, comme cela ne
pouvait manquer d'arriver, le commandeur
fut vaincu, lui et Casimire furent installés dans
la petite chambre des jeunes époux.

Les voilà seuls dans cette chambre. Elle
était simple, petite ; elle était ornée de meubles ingénus, jeunes et frais comme ceux qui
les avaient choisis pour vieillir avec eux. Les
rideaux étaient blancs, étoilés de grosses fleurs
bleues ; à terre s'étendait une natte dont les
lattes de jonc lustré s'unissaient entre elles
avec un gros fil de couleur. Tout respirait la
simplicité naturelle, le bonheur venu sans
effort, l'amour, et l'amour à vingt ans. Les
menus objets de toilette de la mariée, em-
preints de la grâce de ses doigts qui les avaient
touchés, étaient épars, depuis le retour de la
messe, sur la commode d'érable ; de longues
épingles dorées, une ceinture, des nœuds de

rubans, des fleurs détachées du gros bouquet
solennel.

Comme pour agrandir l'étroit espace dans
lequel elle souffrait secrètement d'être ren-
fermée, Casimire, mal à l'aise, ouvrit la croisée ; la croisée plongeait sur la treille où l'on
avait soupé. Quelques lampes achevaient de
brûler dans cet air trop faible pour agiter
leur flamme, qu'entourait une auréole phos-
phorique de moucherons. Quelle douce nuit!

Les amères exhalaisons des bois arrivaient
par bouffées et sans vent.

Les étoiles, ces étoiles vues par Virgile, à
cet endroit même, peut-être, aiguisaient leurs
facettes blanches, pourpres et vertes, éme-
raudes de Dieu, à travers la vapeur lactée répandue sur cet espace moitié forêt, moitié
campagne, moitié couvert d'orangers, moitié
boisé de pins. Dans le lointain, on entendait
s'élever, tomber, s'élever encore les chants

d'hyménée qui accompagnaient les nouveaux mariés à leur demeure.

Le cœur de Casimire battait; son âme jeune répondait à ces voix, et quand elles cessaient, elle rêvait avec ce rêve de la nature entière, se taisant avec son silence, aimant avec cet immense amour répandu sous le ciel. Elle était sans force, sans volonté pour le repousser.

Elle avait peur; elle ne pouvait fuir.

En se tournant pour chercher un appui, un siége où se reposer, elle vit le commandeur debout près d'elle qui la regardait. Ils étaient distraits tous deux; ils étaient en peine tous deux. Ils souffraient de bonheur; ils s'aimaient. Oh! comme ils s'aimaient! Jamais ils ne s'étaient tant aimés.

Les chants du cortége de la mariée diminuaient dans l'éloignement, ils s'éteignaient.

Il n'y avait plus qu'eux avec eux. Eux seuls! le commandeur et elle!

Que pouvaient-ils l'un et l'autre contre cette agression de la nature entière? contre eux-mêmes envahis par cette voluptueuse somnolence que procure le vin trompeur de l'Italie, clair comme l'eau, ardent comme du feu. La main du commandeur chercha et trouva celle de Casimire qui allait y tomber ; elle la lui abandonna.

Le commandeur attira ensuite doucement Casimire vers lui, et elle s'appuya sur sa poitrine, comme si elle eût été endormie. Ils se parlèrent long-temps près des lèvres ; ils balbutièrent de ces mots qui ne sont ni une prière ni un refus, langage obscur et murmuré dont les mots ne s'écrivent pas, mais se respirent.

Dans l'un de ces mouvemens dont nul homme ne peut plus ensuite se rendre compte,

le commandeur souleva Casimire dans ses bras;
était-elle morte, était-elle vivante ? Il ne savait
plus lui-même s'il était sur la terre.

La tête de Casimire toucha l'oreiller brodé
de la jeune mariée ; un cri lamentable d'amour
et de désespoir sortit de la poitrine du commandeur. Mais aussitôt il tira son épée, cette
épée passée de brave en brave jusqu'à lui,
qu'il avait immortalisée au siége de Belgrade,
et il la posa auprès de Casimire.

« Maintenant, dit-il, vous pouvez dormir
» sans crainte, madame la marquise de Cour-
» tenay, la femme de mon frère. »

II.

À la pointe du jour, avant que leur hôte fût levé, ils montèrent en voiture et reprirent la route de Florence.

Ils s'efforçaient tous deux de porter la conversation sur des choses sérieuses, tandis qu'ils se rapprochaient de leur demeure, où il leur tardait maintenant d'arriver.

Casimire se plaignait au commandeur de la triste position que lui faisait l'exil. Elle ne pouvait se rendre à Paris ; cependant à Paris seulement elle trouverait des médecins assez habiles pour traiter la maladie de son mari. Quel avenir était promis à ses enfans, qu'elle était privée par l'exil de faire élever dans les établissemens spécialement consacrés à l'éducation des enfans nobles ? N'avait-elle pas droit aussi à réclamer la dot de sa mère, injustement comprise dans la confiscation des biens de son père, le comte de Canilly ? Ce n'est pas qu'elle n'eût déjà chargé à Paris des personnes influentes de réclamer en sa faveur auprès des ministres ; mais ces personnes n'avaient pas beaucoup osé s'avancer, de peur de déplaire à la cour composée à peu près comme au temps du régent, et de peur aussi

de déplaire au roi, au roi surtout, dont on
n'avait pas lieu de supposer l'opinion tout-à-
fait indulgente aux exilés. Chacun pour soi,
Casimire le savait ; c'est la première lettre de
l'alphabet politique.

L'opinion du commandeur était, au contraire, et il l'exprimait sans détour, que Casimire avait tort de se nourrir du faux espoir
de voir finir sitôt son exil. L'action de son
père avait laissé de longs ressentimens à la
cour. Quant à lui, il n'avait pas attendu jusqu'à ce moment pour s'en convaincre. Pou-
vait-elle supposer qu'il n'avait pas essayé de
tous les moyens d'obtenir son rappel ? Eh bien !
ce rappel était impossible avant des années.
Dans son malheur, ajouta-t-il, n'était-elle pas
heureuse de la résidence calme dont elle jouissait sous un beau ciel, entre ses deux enfans,
près d'un ami qui s'était fait de l'exil un bonheur, puisqu'il le partageait avec elle.

Quand Casimire devenait sérieuse, elle était
de marbre, de granit ; aucun raisonnement
ne l'entamait. Ce qu'elle désirait pouvait être :
c'était aux obstacles à reculer. Son père le lui
avait appris, et son père était encore un dieu
devant sa raison.

Voyant l'inutilité de ses avis, repoussés tantôt avec une parole prestigieuse, tantôt avec
un sourire de supériorité, le commandeur lui
dit que, puisqu'elle était si convaincue de la
réussite de ses tentatives, elle devait recourir
du moins, pour sortir de la situation où elle
souffrait de vivre, non à l'intervention froide
de quelques amis de cour, mais envoyer à
Paris un ami dévoué, fidèle, infatigable, diffi-
cile à rebuter. De là à se proposer lui-même
comme cet ami, la transition était naturelle.
Qui, mieux que lui, accomplirait cette mis-
sion ?

Répétant alors avec un accent de bonheur

qu'il s'agissait de la santé, de la raison de son
mari, du sort de ses enfans et de leur avenir,
Casimire dit qu'il ne lui était pas permis de
refuser une telle proposition. Elle remercia
chaudement le commandeur, qui attribua à
une satisfaction maternelle une joie qui appartenait tout entière à un calcul d'ambition.
Tout fut arrêté. Casimire remettait le soin de
ses intérêts au commandeur. Il fut convenu
qu'il se rendrait immédiatement et secrètement à Paris, dès son retour à Florence.

Florence se découpait à l'horizon, les dômes
de ses cathédrales se dessinaient en lignes violettes, par instant frappées d'un éclair, reflet
de l'or d'une croix ou d'un ange aérien.

Dans l'après-midi, leur voiture de voyage
s'arrêtait à la grille de leur villa, où les attendait Marine, portant Tristan sur un bras
et Léonore sur l'autre. A la réponse de Marine, interrogée par Casimire sur l'état du

marquis, celle-ci devina que son mari n'était pas bien. Elle ne se trompait guère.

Livré à lui-même, le marquis était tombé dans une autre manie. Après avoir fait transporter les meubles des pièces inférieures au plus haut étage de la maison, il avait fait boucher et calfeutrer toutes les fenêtres et toutes les portes excepté une seule, celle qui devait laisser un passage au fleuve dont l'inondation menaçait la maison. Le fleuve, c'était lui. Il s'était changé, disait-il, en fleuve dévastateur. Rien ne pouvait l'arrêter, il coulait sans cesse, assis dans un fauteuil, au milieu du vestibule de la maison. Il riait beaucoup lui-même de la bizarrerie de sa destinée : l'aîné d'une illustre famille métamorphosé en fleuve. Cette variété de folie l'ayant malheureusement atteint pendant l'absence de sa femme et du commandeur, les domestiques n'avaient plus pu douter de l'état mental de leur maître, et leur respect ne s'était pas accru. Marine avait été impuissante pour faire rentrer le fleuve dans son lit. Il était condamné à couler, disait-il, — car ce fleuve parlait — jusqu'au retour de sa femme, à moins qu'elle n'eût été changée elle en fontaine, ce qui ne lui permettrait plus alors que le faible espoir de se rencontrer avec elle dans l'Océan. Casimire n'ayant subi aucune altération notable dans sa nature humaine, elle rendit, par sa présence, sa forme première au marquis. A sa vue, le marquis cessa de se croire fleuve ; il quitta son fauteuil pour se faire raconter le voyage de Rome dans ses moindres détails. Les moindres il les connut, les autres lui échappèrent. Il existait des raisons pour cela. Du reste, il ne donna plus aucun signe de folie aquatique. On descendit les meubles ; la circulation fut rétablie dans les appartemens.

Sous prétexte de profiter du reste de l'automne pour voir Naples, après avoir vu Rome, le commandeur partit en secret pour Paris, peu de jours après, laissant Casimire agitée de l'espoir de le voir revenir bientôt avec de bonnes nouvelles.

Il était impossible, commença-t-elle à penser dès que le commandeur fut parti, qu'il ne réussît pas. Il portait un nom hautement estimé à la cour, relevé encore par son trait de courage au siége de Belgrade, et si la cause dont il s'était fait le défenseur était délicate, dangereuse à remuer, la cour ayant voulu fermer les yeux sur beaucoup de dévoûmens nouveaux plus ou moins entachés de participation à la conjuration de Cellamare, cette cause était juste, noble et belle au fond. Casimire devait-elle souffrir toute sa vie du crime de son père, ses enfans surtout, son mari, l'homme le moins politique de la terre? Cet exil, d'ailleurs, commençait à lui peser comme une injustice, et à l'oppresser comme un obstacle. La semence d'idées répandue dans sa tête par son père, les études sévères dont elle n'était jamais sortie et auxquels elle avait si souvent demandé une diversion contre ses peines et ses pensées domestiques, sa position tout historique, l'avenir de son fils à conquérir à l'aide d'une prudente habileté, ses goûts, enfin lui assignaient la France, lui montraient Paris et Versailles comme le seul théâtre où elle devait paraître à tout prix.

Une fois dégagée des entraves de l'exil, une fois à la cour, elle respirerait, elle se déploierait à l'aise. Elle sentait sa force, sa puissance, tout ce qu'elle valait quand elle se comparait non seulement à ces femmes perdues de galanterie, ruinant dans la débauche les plus beaux noms de la noblesse, usant leur crédit à se disputer des amans vils comme elles, leur esprit à se déshonorer, la fortune de leurs aïeux à acheter des comédiens ; mais encore à ces hommes qui n'étaient plus rien, ni braves, ni religieux, ni galans, incapables de tenir ni une épée ni une plume ; elle se raidissait, songeait à son père, s'inspirait de son souvenir, méprisait de ses lèvres dédaigneuses ceux qui n'avaient pas osé le suivre à l'échafaud ou l'en arracher ; et, les mains pleines de colère, elle les fermait avec indignation, ces mains qu'elle rouvrirait quand les liens de l'exil seraient tombés. On verrait alors ce qui s'en échapperait ! Mais Paris, Paris ! la France ! la France ! s'écriait-elle, en s'élançant sur un cheval qui l'emportait sous les désertes allées de son parc, le long de l'Arno, ce fleuve taciturne comme les vieux Gibelins qui venaient autrefois y confier le secret de leurs grandes âmes désolées.

Mais où est le commandeur, à présent ? murmurait ce grand orage quand il avait fini de gronder.

On remit un jour à Casimire une lettre qui venait de Paris. Elle l'ouvre et lit :

« Prisonnier du Roi, à la Bastille, pour la vie.

« Commandeur de Courtenay. »

La tête de Casimire tomba sur sa poitrine. Le soir, elle n'avait pas changé d'attitude. Pas de cri, pas de pleurs, une douleur sèche ; celle qui tue. Elle était cause que le commandeur passerait toute sa vie dans les cachots de la Bastille, cette terrible prison d'Etat dont les princes du sang eux-mêmes ne parlaient jamais sans frémir.

Etonnée de ne pas la voir descendre au salon ce jour-là, Marine alla dans sa chambre, et la secouant par le bras : Que fais-tu, lui dit-elle ! — Tiens, lui dit Casimire, lis ! — Je ne sais pas lire, lui répondit Marine. Alors

Casimire, à mots brisés, lui raconta le voyage secret du commandeur et son arrestation.

Marine leva au ciel des regards qui voulaient dire : Malheureuse ! qu'a-t-elle fait ?

— Auras-tu soin de mes deux enfans ? dit-elle aussitôt à Casimire.

— Mon Dieu ! tu fais toujours des histoires.

— En auras-tu soin ?

— Que veux-tu dire ?

— Donne-moi cent louis d'or, petite, si tu les as.

Casimire courut à son secrétaire.

— Voilà deux rouleaux de cinquante louis. Mais.....

— Adieu ! ma chérie, lui dit Marine en l'étouffant de ses caresses, tout humide de grosses larmes, adieu !

— Où vas-tu ; mais où vas-tu, Marine ?

— Je pars et je pars tout de suite pour Paris.

— Pour Paris ! Qu'espères-tu ?

— J'espère, répondit avec une naïveté ins-
pirée la bonne Marine. Encore une fois, adieu
Aie soin de nos chers enfans ! et fais leur dire
tous les jours une petite prière à Ste-Gene-
viève de Nanterre, entends-tu ? mais ne l'oublie pas ; je vais te la dire :

« Notre-Dame de Nanterre, qui êtes au ciel,
» nous vous prions de faire que la pauvre
» Marine arrive à Paris à bon port et revienne
» en bonne santé pour faire plaisir à maman
» et ramène notre oncle le commandeur.
» Ainsi soit-il. Au nom du père, etc... »

— Adieu, ma fauvette ! dit encore une fois
Marine, en imprimant, avec sa fraîche bouche
et son âme de paysanne, un baiser, qui fut
presque une morsure, sur la joue étonnée de
Casimire.

Elle partit.

— Sans mon orgueil trop écouté, sans mon -

ambition indomptable, aurait dû se dire Casimire, j'aurais peut-être empêché M. de Canilly, mon père, de mourir sur un échafaud ;
et c'est encore moi qui ai causé la perte de la
liberté du commandeur de Courtenay. Elle se
disait seulement, comme tous ceux qui met-
tent sur le compte de la destinée leurs propres
fautes : Porterais-je malheur à tout ce qui
m'aime? Elle murmurait cette plainte en se
promenant dans les solitaires allées de son
parc et en tenant Tristan d'une main, Léonore
de l'autre, deux petites créatures qui avaient
de la peine à la suivre lorsque la chaleur de
ses monologues l'emportait hors d'elle-même.
Elle n'avait pas encore remarqué que ses deux
plus sûres consolations marchaient à ses côtés
sous les traits naïfs et bons de ces deux enfans. Mais Casimire avait à peine dix-neuf ans,
et à cet âge le sentiment maternel est plutôt
une distraction qu'un sentiment. Puis elle

avait rarement vu jusqu'ici Tristan et Léonore
qui étaient toujours avec Marine. L'usage voulait que les enfans des grandes maisons ne
parussent devant leurs parens que lorsqu'ils
étaient capables, non de leur rendre leurs
amitiés, mais leurs politesses. Toutes leurs
charmantes privautés étaient bannies des salons par l'étiquette. Après avoir été la poupée
des nourrices, ils devenaient la victime des
gouvernantes, et des gouvernantes ils passaient aux mains des gouverneurs.

Un jour pourtant que Casimire, désolée de
n'avoir pas encore reçu des nouvelles de Marine et qu'elle pensait, elle y pensait sans
cesse, au triste sort du commandeur enfermé
à cause d'elle, à la Bastille; le commandeur,
le seul homme sur l'appui duquel elle avait
compté, le seul homme qui eût son amour; un
jour qu'elle se laissait aller au plus sombre dé-
couragement, Tristan et Léonore qui jouaient

près de là sur le gazon, se prenant par la main,
ces doux anges, vinrent devant elle, et, se
mettant à genoux à ses pieds, lui dirent :

— Petite maman, nous vous demandons
bien pardon de vous avoir fait de la peine.
Pardonnez-nous.

— Vous m'avez fait de la peine, vous? s'é-
cria-t-elle, en les prenant tous les deux dans
ses bras, en les élevant jusqu'à ses lèvres.

— Puisque vous pleurez toujours quand
nous sommes avec vous, il faut bien que cela
soit, répondirent les deux enfans. Touchantes
créatures, qui n'imaginaient pas que leur
mère dût avoir d'autre félicité et d'autre affliction sur la terre que celles qu'ils pouvaient
lui causer.

Un bien doux sourire brilla dans les yeux de
Casimire, et ce jour ne fut pas le moins heureux parmi les rares jours heureux de son exil.

Pour la première fois de sa vie, elle soupçonna qu'il est pour le cœur des femmes des joies incommensurables placées si près d'elles qu'elles n'ont qu'à ouvrir les bras pour les posséder, et que, si elles ne les saisissent pas, c'est qu'elles les cherchent trop loin d'elles, où ces joies ne sont jamais. Mais, semblable à tous les plaisirs qui viennent quand le cœur s'est créé des goûts de convention, des passions factices, celui dont Casimire fut émue tint beaucoup plus de la surprise que du bonheur, large en surface, faible en profondeur. Il l'inquiéta, éveilla des doutes sur l'opinion qu'elle s'était formée du bonheur; il fut enfin une lumière, et non une révélation complète. La femme se montra, mais la mère s'était bien fait attendre. Pouvait-on dire qu'elle était venue?

Marine était arrivée à Paris. Elle ne s'amusa pas à voir de combien de réverbères Paris s'était enrichi depuis son absence; elle alla droit aux Tuileries. A la porte du château, un cent-suisse l'arrêta. On n'allait pas plus loin. — Quel est ton capitaine? demanda Marine au soldat en faction. Voyons si je connais ce coquelicot-là. — Mon capitaine, ma belle, n'est pas un coquelicot, c'est M. de Varden, pour te servir. —Je crois certes bien qu'il me servira, s'écria Marine; ah! c'est le petit Varden; je l'ai connu sous-lieutenant; va lui dire que Marine veut passer. Mais va donc? ours de Berne. Le cent-suisse souriait et ne bougeait pas plus que le Mont-Blanc. — Le plus souvent, semblait dire son regard martial et bête, que M. de Varden se dérange d'un fil pour toi. — Voilà trois petits écus blancs pour boire à ma santé, lui dit Marine. L'œil du cent-suisse devint rond et clair comme les petits écus qui battirent la chamade dans le creux de sa main. Il ferma sa main, fit un demi-tour sur lui-même, et alla trouver son capitaine.

Deux minutes après, on entendit une voix qui disait, du fond du vestibule : « Mais viens donc ! madame la nourrice, viens donc ! laissez passer, vous autres. » Et un bel officier suisse, au teint enluminé comme le drap de son habit rouge, prenait Marine sous le bras et lui faisait monter le grand escalier des Tuileries avec autant d'attention et de prévenances qu'il pouvait en montrer au milieu de ses témoignages bruyans d'amitié.

Mais à la porte de la salle des maréchaux, nouvel obstacle.

Le capitaine de Varden eut beau dire à l'officier de service : « J'accompagne madame, laissez entrer, » l'officier refusa poliment. La mise de la dame, mise fort peu de cour, ne le rassurait pas du tout. M. de Varden s'amuse, pensa-t-il.

— Ah ! tu refuses, dit Marine, alors je passe.

— Maréchal ! cria-t-elle en même temps à

M. de Tavannes, qui traversait en ce moment,
maréchal! dis donc à ce jeune homme-là qui
je suis.

Le maréchal chercha pendant quelques se-
condes à reconnaître les traits de celle qui lui
parlait ainsi, et puis, allant tout à coup vers
Marine en lui tendant les deux mains, il dit à
l'officier de service : « Madame a ses entrées
à toute heure ici. » Marine fit un hochement de
tête au maréchal de Tavannes, et comme si
elle ne fût jamais sortie du château, elle se dirigea avec lui vers les appartemens du roi.

Il n'est pas un valet de chambre dont elle ne
fût connue. C'étaient de leur part des saluts
jusqu'à terre et des félicitations à chaque pas.
Où avait-elle été, d'où venait-elle? et mille
questions. Au dernier salon, le capitaine des
pages lui dit : « Personne n'entre chez le roi
à cette heure, excepté les princes du sang, le
médecin et le confesseur de Sa Majesté. »

— Mon beau page, lui répondit Marine, si je ne suis pas princesse du sang, je suis princesse du lait. Fais-moi place, je vais porter de tes nouvelles à Sa Majesté; entends-tu?

Le maréchal de Tavannes riait aux larmes de ce mépris de Marine pour le cérémonial, et de la figure étonnée du jeune capitaine des pages, qui n'osait plus s'opposer à l'introduction de Marine en voyant le maréchal spectateur si heureux de cette violation.

Elle souleva la portière, et entra dans la chambre à coucher du roi. En ce moment, le prince de Conti, en sa qualité de prince du sang, tendait respectueusement la chemise du roi.

— Ah! j'arrive à propos, s'écria Marine en prenant la chemise des mains du prince, je vais voir s'ils ont eu soin de ta personne, s'ils ne t'ont laissé manquer de rien.

Le roi ne revint de sa surprise et presque

de son effroi que dans les bras de Marine.

« Nourrice! c'est ma nourrice! c'est Marine! » dit le jeune roi en s'enveloppant dans sa robe de chambre, et en s'asseyant sur les genoux de Marine, qui s'était assise dans le fauteuil du roi.

— Qu'il est gentil! s'écriait Marine; qu'il est beau! qu'il est blanc! mon bon roi!

Le prince de Conti s'était retiré quelques pas en arrière, afin de ne pas gêner cette effusion de tendresse entre le roi et sa nourrice, pour laquelle on connaissait son attachement.

— Après la messe, nous nous reverrons, dit ensuite le roi.

— C'est avant la messe qu'il faut que je te parle, lui dit Marine.

— Tu as donc quelque chose de pressé à me dire?

— Oui, mon roi.

— Quelque chose à me demander ?

— Oui, mon roi.

— Parle, c'est accordé.

— Madame la marquise de Courtenay, dont j'ai été la nourrice, veut rentrer en France.

— Nous verrons.

— Pas de nous verrons, mon roi; elle est si belle, si bonne, si intéressante.

— Allons !

— Ce n'est pas tout.

— Quoi encore ?

— Tous ses biens lui seront rendus.

— Cela va sans dire, répondit le roi.

— Tu lui rendras aussi ses titres ?

— Oui, oui, oui. Mais la messe ! M. l'arche-vêque m'attend ; nous reprendrons après déjeûner.

— Je n'ai plus qu'un mot.

— Voyons ce mot, ma belle nourrice.

— M. le commandeur de Courtenay, qui est enfermé à la Bastille...

— A la Bastille ! dit le roi ; je n'en savais rien.

— Tu vas le faire sortir, n'est-ce pas ?

— Je saurai d'abord pourquoi on l'y a mis.

— Oh ! je vais te le dire. Je suppose...

— Ah ! grand Dieu ! j'aime mieux le faire sortir tout de suite, interrompit le roi, que de te laisser raconter pourquoi il y est enfermé ; je n'entendrais jamais la messe. Et maintenant dis-moi ce que tu veux pour toi ? dit le roi, entièrement habillé et prêt à passer dans la chapelle du château.

— Ce que je veux ? que tu m'embrasses, mon roi.

Et le jeune roi pencha son gracieux visage sur le cou de Marine.

L'exil de la marquise de Courtenay avait cessé, et le commandeur était libre.

III.

La plume n'a aucun effort à tenter pour
peindre la foudroyante rapidité que mit la
marquise de Courtenay à se rendre à Paris dès
qu'elle eut reçu la nouvelle inouïe, miracu-
leuse, de son rappel.

Elle partit, elle arriva.

Madame de Courtenay rentra dans son hôtel comme si elle n'en était jamais sortie, semblable aux rois qui reprennent possession de
leur palais après des années d'exil, à la suite
d'une restauration. Il n'y a pas eu, dirait-on
ou affectent-ils de croire, de lacune dans leur
règne. Ils effacent d'un trait les mauvais jours,
les jours d'absence.

Jaloux de montrer au jeune roi Louis XV
combien ils approuvaient tout ce qu'il faisait,
même le bien, les courtisans et les courtisans
des courtisans se portèrent en foule chez la marquise réhabilitée ; ils rivalisèrent d'empresse-
ment à venir lui dire qu'ils ne l'avaient pas oubliée, qu'ils avaient toujours travaillé en secret
de tout leur zèle à hâter son retour. Chacun
d'eux se fit gloire auprès d'elle et dans le monde
de son rappel en France. Pressentaient-ils l'action extraordinaire qu'elle allait avoir sur les

affaires de l'État, au moment où les jolies femmes devaient obtenir une si grande influence
sur les hommes d'esprit, et les hommes d'esprit qualifiés généralement de philosophes,
s'en créer une non moins puissante sur la société ? Réunissant en elle tout ce que celles-là
avaient de science et d'observation, était-elle
destinée, elle déjà si considérée à cause de son
nom, à être l'anneau qui joindrait ces deux
souverainetés de l'époque ? Des signes certains
semblaient raffermir ces flatteuses prévisions.
Les qualités d'énergie et de pénétration qu'elle
avait acquises au fond de l'exil, par son père
et par elle-même, et dont elle ne croyait jamais faire usage que pour l'éducation de ses
enfans, furent connues, publiées partout,
vantées, exagérées même ; car le bonheur, ce
dispensateur stupide, ce grand seigneur idiot
qui jette l'or par les croisées, ne fait rien à
demi.

Il prit la marquise sous sa protection et lui accorda plus qu'elle ne demandait en crédit, en puissance, en renommée. Le plus fervent, le plus remarquable parmi ceux de la cour qui accoururent adorer la fortune sous ses traits, ce fut le duc de Bourbon, devenu premier ministre à la mort du Régent. Trop rude pour s'attirer par lui-même tous les dévoûmens, tous les mérites dont il avait besoin afin d'augmenter et de maintenir son autorité à côté de celle de l'abbé Fleury, pareillement ministre comme lui, et de plus son rival, le duc de Bourbon résolut, très politiquement, de prendre les salons de la marquise de Courtenay pour le théâtre de ses combinaisons politiques, et de connaître par là, sans peine et sans affectation, les hommes sur lesquels il pouvait compter, distinguer ses amis et ses ennemis, voir tout enfin, derrière le rideau.

Ce rôle donna à la marquise un puissant

relief. Les femmes n'avaient pas encore habi-
tué le monde à les voir prendre une part quel-
conque aux spéculations politiques. Elle se fit
en peu de temps une renommée qui la mit tout
à fait hors du cercle tracé avec des feuilles de
rose autour des autres femmes. Elle offrit un vé-
ritable phénomène. C'était déjà une exception
fort notable que les hommes , même de naissance , rompissent avec des traditions d'oisiveté , sacrifiassent leur opulente et chère pa-
resse à l'étude des affaires publiques.

On sut bientôt que les splendides salons de
la marquise de Courtenay, peu ouverts aux
plaisirs frivoles, quoiqu'ils n'y fussent pas entièrement dédaignés, s'emplissaient une fois
par semaine d'hommes éminens par leurs lumières ou leur rang dans l'Etat. Les pairs , les
membres du parlement, les ambassadeurs,
les écrivains sérieux, venaient sans faste dis-
courir chez elle avec une familiarité qu'il ne

leur était pas possible d'afficher ailleurs, des
intérêts de l'Europe, appelés alors les affaires de cour.

Dans cet asile commun à tous, où une reine,
par l'intelligence, imposait la loi d'égalité,
s'adoucissaient, grâce à un frottement doux,
les anciens préjugés de nationalité et de condition. Ainsi, les ours de la magistrature abor-
daient en baissant la tête, en rentrant les on-
glés, les loups de la finance, et les généraux
ne traitaient pas du haut de leurs bottes à chau-
dron les philosophes et les écrivains, qui, de
leur côté, apprenaient à se présenter comme
il faut. Si dignes et si solennels à la cour, les
ambassadeurs étrangers quittaient volontiers
le ton de la harangue pour causer entre eux et
avec tout le monde des mœurs, des lois, des
préjugés de leurs nations. Ils se comparaient
sans orgueil, ils convenaient de leur infério-
rité avec un bon sens plein d'esprit.

C'était l'Europe réunie, pour la première fois, en soirées; l'univers assis au coin du feu.

Très souvent on apprenait avant la cour, dans les salons de madame la marquise de Courtenay, les éventualités d'une guerre, les projets d'une alliance, les mariages entre souverains. Il n'y avait pas encore eu d'exemple de ces réunions simples et graves, curieuses comme un spectacle, et utiles comme un bon livre. C'était le berceau de la société politique, long-temps après la naissance et le magnifique développement de la société littéraire patronée tour-à-tour et de siècle en siècle par Marguerite de Valois, madame de Rambouillet et mademoiselle de Scudéry.

Si la société politique n'attirait pas encore à elle avec la même puissance que la société littéraire, c'est que les jeunes roués craignaient d'y montrer leur charmante ignorance et d'en être, en s'y produisant, pour leurs frais de

coquetterie. Ceux d'entre eux qui cédaient à
la fantaisie de se faire présenter dans ces salons sentaient bientôt, sans qu'on leur fît l'af-
front de le leur dire, toute la profondeur de
leur néant au contact de ces hommes d'action
qui les mesuraient rien qu'en se laissant ap-
procher. Qu'était, par exemple, leur fade ra-
mage auprès de cette langue sobre, exacte,
irréprochable des diplomates ; langue serrant
l'idée comme la chair prend l'ongle finement
et partout ? qu'était leur prétendue connaissance des hommes et des femmes à côté de la
science contenue dans la mémoire merveil-
leuse de ces gens de qualité qui, après avoir
été choisis entre les plus instruits et les plus
fins, avaient parcouru le monde, constamment ouvert à leur lumineuse curiosité, et qui
avaient appris autrefois, d'abord pages de
cour, puis ministres, toujours courtisans ou
courtisés, à pétrir, à manier les consciences,

comme eux, pauvres petits marquis, maniaient leurs gants et jouaient avec la crête de leurs jabots ? Hélas ! on les dévorait tout vivans, mais avec beaucoup de politesse, lorsqu'ils mettaient le pied dans les salons de la marquise de Courtenay ; et tout ce qu'ils pouvaient faire de plus prudent après les avoir admirés une fois, c'était de se vanter de la faveur d'y avoir été admis.

Une telle maison, dans la société du dix-huitième siècle, plaçait madame de Courtenay à une hauteur incommensurable aux yeux du monde, sans que cette hauteur la mît toutefois hors de la portée de l'envie. Les femmes reconnaissaient sa beauté, mais ils la qualifiaient de beauté pédante ; et, dans l'impossibilité d'attaquer sa vertu, ne pouvant à aucun prix y porter atteinte, elles la mettaient volontiers, dans les petits assassinats du tête-à-tête sur le compte d'une froideur naturelle dont elles, de leur côté, n'éprouvaient pas l'incommodité.

Madame de Courtenay, on le voit, jouissait d'un grand crédit à la cour de Louis XV. Sa protection était un titre, sa recommandation auprès des ministres valait la certitude d'un emploi.

Heureux celui qui, accouru du fond de sa province, se présentait avec un titre aux bontés de la marquise. Il fallait qu'il fût bien peu possible pour que sa demande fût repoussée.

N'était-ce pas un miracle jusqu'ici qu'une femme si belle, si jeune encore, se fût fait tant d'amis reconnaissans, sans que parmi ces amis on lui en prêtât au moins un, décoré d'un titre non pas plus beau mais plus doux? Ce miracle, puisque c'en est un, s'était produit. Il est vrai que la marquise de Courtenay, faisant de la politique au berceau et pour ainsi dire sous le pommier du paradis terrestre, avait souvent

eu le bonheur de protéger le mérite. Tout le
secret de sa justice, disait la jalousie des femmes, était dans l'indifférence de son cœur. La
marquise de Courtenay indifférente! Sans
doute elle riait des manifestes passionnés
qu'elle rencontrait partout où elle posait la
main, sur la laque de sa toilette, sous les
coussins de ses sophas, dans le pli de ses livres ;
mais elle en riait parce qu'elle avait un amour
sérieux, enraciné dans le cœur, un de ces
amours si forts, si grands, si durables, que
celle qui l'éprouve paraît indifférente au monde
entier, et qu'elle ne sait elle-même comment
elle pourrait aimer, tant elle aime. Le commandeur ne l'avait pas quittée depuis neuf
ans, depuis son retour à Paris. Il avait assisté
à toutes les phases brillantes de sa destinée,
sans éprouver d'autre sentiment que l'amère
contrariété de la voir sortir de plus en plus de
l'obscurité où elle aurait pu être si heureuse

après et même avant son exil, pour affronter les tempêtes de la vie publique.

Il craignait des retours affreux, des déchéances après des grandeurs. Sous des formes plus douces, mieux voilées, il reconnaissait l'habileté italienne, la subtilité parfois machiavélique du comte de Canilly, et dans le gant brodé de la fille, il voyait remuer la main sèche du père. Jusqu'ici la marquise avait réussi, mais le succès même effrayait le commandeur. Il savait où le succès conduit quand on ne s'arrête pas avant lui. S'il parlait à la marquise de ses craintes, de ses prévisions, elle lui répondait qu'elle n'agissait ainsi, qu'elle ne sacrifiait les douceurs de la vie privée aux orages de la vie publique que pour ses enfans; elle doublerait leurs biens, elle assurerait à son fils un rang considérable à la cour.

Puis elle avait besoin de cacher le plus possible sous la splendeur de son existence la triste infirmité de son mari ; elle combattait le ridicule avec l'éclat. Elle trouvait encore d'autres raisons dont le commandeur se montrait plus ébloui que touché.

Du reste, la marquise l'avait rejeté dans l'ombre à mesure qu'elle s'était avancée sur la pente lumineuse qu'elle gravissait. Après l'avoir arraché à la carrière des armes par une désertion restée inexpliquée aux yeux de ses compagnons, elle n'avait pas osé, fort prudente en cela, l'y faire rentrer de nouveau, avec un grade aussi élevé qu'elle aurait voulu. Elle l'avait annulé, anéanti à son profit, sans lui permettre le reproche ni la plainte. Elle dévorait une à une ses plus belles années en l'usant dans une oisiveté perpétuelle. Elle le tenait là, sous la main, pour avoir sur la terre un petit coin de silence, de tendre rêverie où se retirer quand elle était lasse du monde et du chaos de l'intrigue. Il lui fallait un visage

sincère à contempler, après en avoir vu passer
devant ses yeux tant de composés, tant de
faux, tant d'infâmes; il lui fallait une main
ferme à serrer, après avoir touché à tant de
mains corrompues et perfides; il lui fallait un
cœur plein d'amour et de désintéressement
après avoir communiqué à des cœurs gâtés par
l'envie, enflés par l'ambition; enfin, il fallait
qu'elle retrouvât quelque part le ciel absent
de ses croyances, car le siècle était peu aux
croyances alors, après avoir long-temps marché sur le sol brûlant de la politique, enfer
d'orgueil et de mensonge.

_ Cette destinée inactive et muette qu'elle avait
faite au commandeur prêtait à celui-ci un caractère dont le monde ne se rendait pas bien
compte. Les uns le croyaient misanthrope à
l'excès, les autres au dessous de tout mérite personnel, puisque sa belle-sœur, elle, la
trésorière de toute les faveurs, n'en faisait pas

même un mince gouverneur de quelque petite province; les autres voyaient dans le commandeur un philosophe, un sage, prenant en mépris toute l'agitation qui bouillonnait autour de lui.

Le commandeur n'était rien de tout cela; il était enchaîné à la volonté d'une femme supérieure, la pire espèce de servitude qui se puisse imaginer.

Les choses en étaient là; le char de la marquise de Courtenay, attelé aux six chevaux blancs de la prospérité, roulait sans obstacles, lorsqu'un jour un jeune homme se présenta à l'hôtel, et demanda, avec beaucoup d'instances, à parler à madame la marquise. Il semblait avoir choisi le moment où elle était seule. Les domestiques l'introduisirent. Quoiqu'elle ne l'eût jamais vu, la marquise sentit courir à son aspect le frisson de la mort dans ses veines, elle si supérieure, en toute occasion, à ses émotions. Le jeune homme se posséda parfaitement, quoique la surprise de la marquise ne lui eût pas échappé.

— Madame la marquise, lui dit-il, je suis Raoul de Marescreux.

— Raoul de Marescreux! répéta la marquise en reculant avec son fauteuil, comme si l'ombre de son père l'eût tirée en arrière.

— Je suis Raoul de Marescreux, dit une seconde fois le jeune homme.

— Le fils de monsieur de Marescreux? celui...

— Lui-même, madame la marquise.

— Que me vouliez-vous, Monsieur?

— Voici ce que je veux, Madame, ce que j'attends de vous : je suis sous-lieutenant dans les dragons du Béarn, je veux être nommé capitaine dans la Maison du Roi; vous pouvez m'en faire obtenir le brevet, je viens vous le demander.

Le dragon se tut.

La marquise songea à son père, dénoncé par M. de Marescreux, condamné à mort, traîné, haché, tué sur un échafaud par cette dénonciation. Ce jeune homme lui parut couvert de sang.

— Que me voulez-vous? répéta-t-elle, les yeux pleins de vengeance, les narines palpitantes, pâle, le corps rejeté en avant.

— Je vous l'ai dit, madame la marquise, répéta le jeune homme, je suis sous-lieutenant, je veux être capitaine. Après le ministre, vous êtes la personne la plus puissante du royaume.....

— Monsieur, interrompit la marquise avec une tranchante ironie dans la voix, c'est donc moi qui dois récompenser la dénonciation de votre père, le délateur, le bourreau, l'assassin du mien?

— Votre père, Madame, aurait fait mourir e mien, j'en ai les preuves, s'il eût réussi;

M. de Marescreux, mon père, prit les devans, trahir un traître est un devoir et non une trahison, un crime, un assassinat, comme vous dites. Mon père dénonça donc le vôtre, et tous trois, votre père, le mien et mon frère aîné montèrent sur l'échafaud. Voilà le passé. Mais depuis vous êtes rentrée en grâce, et moi je suis devenu sous-officier obscur, dans une milice obscure; vous êtes entourée d'honneurs; on vous a rendu vos biens; les miens,—à la vérité moins grands que les vôtres,—sont sous le poids de la confiscation; vous pouvez me les faire rendre, vous me les ferez rendre.

La marquise se leva à demi...

—J'ai bientôt fini, dit le jeune dragon. Quand vous m'aurez rendu l'honneur par un brevet de capitaine dans la Maison du Roi, quand vous m'auz fait obtenir la restitution de mes biens, il faudra que vous m'assuriez le bonheur en me donnant votre fille Léonore en mariage...

— Ma fille !.,..

— Vous deviez bien épouser mon frère aîné... J'attendrai qu'elle ait l'âge...

La marquise se leva, quitta le fauteuil et, d'un bond, s'accrocha au cordon de la sonnette.

— Madame la marquise, dit Raoul de Marescreux, je vous éviterai la peine de me faire mettre à la porte par vos gens. Je me retire ; mais nous nous reverrons encore une fois.

Raoul de Marescreux salua avec respect et il se retira avant que les domestiques de la marquise ne fussent venus en effet le jeter à la rue.

La marquise demanda à toute la puissance qu'elle avait dans la main comme la personne la plus influente du royaume après le ministre, ainsi que l'avait dit Raoul de Marescreux, ce qu'elle ferait pour punir ce jeune homme : sa mémoire lui répondit coup pour coup par cette pensée de son père, le comte de Canilly :

« Un homme peut déshonorer un autre
» homme ; une femme outragée par un homme
» n'a que la ressource de le faire tuer ou de
» l'oublier. »

— Mon père ! que faut-il faire ? s'écria-t-elle,
en regardant le portrait du comte de Canilly.

IV.

Nous l'avons dit, et les événemens l'indi-
quent assez, c'était au commencement du règne de Louis XV, et précisément à une époque
où la France n'était en guerre avec aucune
nation. On sortait de la régence. Pourtant ja-

mais Paris n'avait tant vu d'officiers de toutes
les armes. Par le grand escalier de Versailles
montaient et descendaient sans cesse de jeunes
gentilshommes chassés de leurs cantonnemens
par l'ennui, l'oisiveté et surtout par l'ambition. Ils assiégeaient, les mains pleines de lettres de recommandations, les bureaux de la
guerre, se disputaient un sourire dans l'anti-
chambre des favoris, et allaient quêter de boudoir en boudoir de belles protectrices. Il y avait
plusieurs causes à ce débordement de jeunes
solliciteurs. Leurs familles, la plupart ruinées
par les longues campagnes de Louis XIV, aux-
quelles elles avaient contribué de leur sang et
de leur fortune, ne pouvaient plus les maintenir à la hauteur des prétentions de la naissance. Elles n'avaient plus de sacrifices à s'im-
poser pour eux. Les terres étaient engagées,
beaucoup même l'étaient au delà de leur valeur. Si la haute noblesse se soutenait encore,

la petite noblesse, et c'était la plus nombreuse, était résolument pauvre. Quoique déjà on s'occupât beaucoup à cette époque d'économie sociale et d'économie politique, on ne savait d'autre moyen, pour soulager le sol du poids de la population, que le stupide moyen de la guerre.

C'était donc dans l'espoir d'une guerre qu'accouraient à Paris tous ces fils de famille, bouillans de jeunesse, disposés à conquérir le monde et ses planètes, si l'occasion leur en était offerte.

Ce déplacement général d'une jeunesse fort brave, mais fort dissipée, ne contribuait pas à sanctifier les mœurs assez décolletées de la facile et brillante société parisienne. En attendant de prendre d'assaut des villes ennemies, elle livrait la guerre aux ménages, faisant contribuer l'honneur des maris, et passant au fil de l'épée la réputation des femmes : on n'avait jamais autant entendu parler d'enlèvemens, de séparations, de prises de voile, de duels.

Chaque jour se levait sur une intrigue et se couchait sur un scandale.

Les *Nouvelles à la main*, premier germe du journalisme, et du journalisme décent que vous savez, n'avaient pas assez de place pour enregistrer les faiblesses dévoilées des grandes dames. Malgré la Bastille, les îles Marguerite, Saint-Pierre-Encise, dont les portes s'ouvraient si souvent devant les duellistes, le duel dépeuplait les familles après les avoir déshonorées. Le duel était d'ailleurs au bout de tout ; il était le fermoir du cercle de chaque passion. Se disputait-on au jeu? le duel couronnait la dispute. Etait-on en rivalité auprès d'une femme ? le duel simplifiait la position de la femme que le plus souvent aucun des deux concurrens n'aimait. On se battait pour tout et pour rien. « Je gage que la première goutte d'eau qui tombera mouillera ce pavé, moi je gage qu'elle mouillera celui-ci : celui qui gagnera aura le choix des armes. » Quoi qu'il arrivât, il était sous-entendu qu'on se battrait ; mais pour quel motif ? pas de motif. Deux jeunes gens en sortant de l'Opéra, deux amis de collége, deux parens peut-être, remarquent qu'il fait un clair de lune magnifique ! « Quel dommage de perdre un si beau clair de lune, dit l'un, et de ne tirer aucun parti d'un espace si propice, si bien aplani, dit l'autre. Ma foi, reprend le premier, il n'en sera pas ainsi, » et il tire son épée ; le second l'avait déjà tirée. Les deux lames se croisent et les voilà tous les deux s'attaquant, se défendant avec l'impétuosité de deux adversaires qui se poursuivent depuis long-temps de leur haine : ils se précipitent l'un sur l'autre, et tous les deux sont blessés, l'un à mort, et il tombe pour ne plus se relever, l'autre à mort aussi,

mais pour respirer encore quelques heures
pendant lesquelles il raconta ce que nous ve-
nons de raconter. « Que voulez-vous, dit-il
en expirant, il faisait un si beau clair de
lune! »

Le théâtre de la Comédie-Italienne qui était
alors dans la rue Mauconseil, servait de point
de réunion à la tourbe musquée et guer-
royante de ces jeunes gens, héritiers directs
des fines lames du Pré-aux-Clercs. Ils s'y montraient à leur débotté, et ils y faisaient leurs
premières armes sous les yeux des maîtres du
camp, duellistes émérites dont les joues portaient l'empreinte du choc de la balle ou du
sillon de l'épée. Le nouveau venu était exa-
miné des pieds à la tête et apprécié selon sa
mine; cette inspection, toujours impertinente,
ne se terminait pas sans un résultat grave. Ou
l'intrus était destiné à augmenter quelques
jours après la liste des bretteurs, ou il ne re-

paraissait plus, sa disparition était toujours complète. Si la mort, à la suite d'un duel, ne l'enlevait pas, la confusion d'avoir évité une rencontre l'obligeait à quitter Paris au plus vite.

Or, un soir d'hiver que le foyer de la Comédie-Italienne semblait trop étroit pour contenir ses turbulens habitués, venus en plus grand nombre soit à cause de l'excessive sévérité du temps, soit plutôt à cause de l'attrait d'une première représentation, un jeune homme parut au milieu de leurs groupes, où sa présence causa un étonnement général. Peut-être fût-il passé inaperçu ce soir-là à travers l'affluence plus grande que de coutume, sans la bizarrerie de son costume. Sa tête était couverte d'un béret de velours blanc dont les bords larges comme un bandeau pressaient son front, et si exactement, que le fond du béret, très vaste, et d'une forme plate et cir-

culaire, s'abattait sans déranger l'équilibre,
et avec une originalité étrange sur sa joue
gauche. Une tige de bruyère, faite avec de la
chenille de soie, montait au bord du bérêt, et
paraissait naturelle, tant elle était piquée
adroitement dans le velours. Le buste du jeune
étranger était serré dans une tunique en drap
rouge parcourue sur toutes les coutures d'un
galon moitié or et moitié soie. L'or était pâle
et la soie était d'une nuance grise; en sorte
que ce cordon affectait aux lumières les ondu-
lations d'une couleuvre. Au lieu de bottes ou
de bas, il portait des guêtres noires collantes,
et s'attachant à sa jambe à l'aide de plusieurs
boucles de jais. Le cuir des guêtres était si
doux qu'il moulait la jambe avec l'élasticité
d'un bas de soie. Entre le bord de la tunique
et l'extrémité des guêtres qui rabattaient un
peu sur les genoux, on apercevait la culotte
en drap jaune clair de l'étranger. Un tel cos-

tume pouvait étonner à la première vue, mais il aurait fallu être disgracieux, comme le duc de Roquelaure, pour qu'il ne fût pas porté avec quelque avantage.

Le nouveau venu était un fort beau jeune homme de vingt-huit ans, rose et solide comme un montagnard qu'il était; ayant la taille haute, et se tenant bien sur ses jarrets de fer. Il était brun par ses cheveux noirs tombant sur ses joues, blond par la fraîcheur un peu exagérée de son teint et la douceur de ses yeux, qui avaient la prunelle magnétique du tigre, c'est-à-dire, affectant d'être double et comme picotée de vert et de bleu, d'une limpidité sans profondeur. Ses mains, qu'il paraissait avoir fort belles, se dessinaient sous un gant en peau de daim, d'une finesse et d'un éclat que ne savaient pas encore donner à leurs produits tous les gantiers du dix-huitième siècle. Il eût excité beaucoup moins l'attention du cercle où il venait de s'introduire, s'il n'eût pas porté un nœud d'or sur son costume inconnu.

Les jeunes gens se demandèrent tout de suite à quelle nation appartenait l'officier debout au milieu du foyer. Il n'est ni Anglais, ni Allemand, ni Suédois, se dirent-ils. Mais qu'est-il donc? d'où vient-il?

— N'est-il pas Espagnol? fit remarquer l'un d'eux.

— Espagnol du temps de Charles-Quint, en ce cas, car nous savons tous que ce costume n'est aujourd'hui celui d'aucun corps de l'armée d'Espagne.

— Sans doute, répliqua celui qui avait émis l'opinion. Mais il a, quoi que vous en disiez, quelque analogie avec le costume espagnol.

— Parbleu! finissons-en avec nos doutes, dit un des curieux. Demandons-lui, dans chacune des langues que nous connaissons, quel est l'heureux pays qui l'a vu naître.

— La proposition passa tout d'une voix, et l'un d'eux se détacha aussitôt pour dire en anglais, à l'inconnu :

— De quel pays est monsieur?

Le jeune officier ne répondit pas.

Un autre s'approcha de lui et lui dit en allemand :

— A l'armée de quelle nation appartient monsieur?

Même silence.

Un troisième eut son tour. Il dit en italien :

— Monsieur est-il un officier au service de la sérénissime république de Venise?

Toujours le silence de la part de l'inconnu.

— Demandez-lui, par la même occasion, s'il n'est pas soldat du pape, cria un plaisant du foyer.

Questionné enfin dans la plupart des lan-

gues de l'Europe, le jeune homme à la tunique rouge ne daigna faire aucune réponse. Du
reste, on ne peut dire si c'est avec sa langue
ou avec son gant qu'il aurait dû répondre dans
le cas où il lui aurait convenu de le faire, tant
le ton avec lequel il avait été interrogé suait
l'impertinence. Son calme ne le quitta pas un
instant. Aucun pli ne parut à son visage, aucun
frémissement ne contracta sa gracieuse main
gantée, arrêtée par le pouce, avec une aisance
noble, à la jointure de la tunique. Le petit épi
de bruyère attaché à son bérêt resta immobile.

L'huissier du théâtre vint peu de temps
après annoncer à ces messieurs que la grande
pièce allait commencer; car c'était pendant
l'entr'acte de la petite pièce à la grande, nous
avons omis de le dire, qu'avait eu lieu l'arrivée du jeune officier au foyer de la Comédie-
Italienne.

Tous les jeunes gens qui le remplissaient se disposaient à le quitter pour entrer dans la salle, et ils gagnaient déjà la porte de sortie en lorgnant d'un air ricaneur celui dont ils avaient soumis la patience à une première épreuve, lorsque celui-ci se plaça sur leur passage, le bérêt à la main.

— Messieurs, leur dit-il avec beaucoup de politesse et de courtoisie, je me nomme Raoul de Marescreux ; je suis sous-lieutenant dans la milice provinciale du Béarn ; mon arme est la cavalerie. Je suis donc Français comme vous, ce que vous auriez su d'abord, si vous aviez pris la peine de m'interroger tout simplement en français.

Il remit ensuite son bérêt et gagna la salle de spectacle, laissant derrière lui les jeunes moqueurs dans un demi-embarras assez facile à comprendre.

— Ah ! c'est lui qui nous a joués, s'écriè-

rent-ils tous à la porte du foyer. Il s'est amusé
de nos railleries, ce charmant Béarnais, qui
vient sans doute aussi à Paris pour demander
du service et de l'avancement.

— Messieurs, dit l'un d'eux, celui qui ré-
sumait en sa personne, fort brave du reste,
toute l'impertinence de la compagnie ; messieurs, pendant l'entr'acte il faudra le tâter.

— Il faudra le tâter ! répétèrent ses camarades avec une unanimité qui dénotait assez
que le dragon béarnais ne leur paraissait pas
tout-à-fait aussi simple qu'il était rose, quoiqu'il eût été d'une indulgence fort équivoque
pour les coups d'épingle dont ils l'avaient lardé
à loisir. Avait-il, n'avait-il pas du courage ?
mais, comme l'avaient dit les jeunes gens du
foyer : il faudra le tâter.

Y.

Je ne saurais trop dire le titre du nouvel opéra qu'on représentait ce soir-là à la Comédie-Italienne, je sais seulement qu'il devait être de quelque compositeur en vogue, et maintenant oublié comme tous les compositeurs en vogue ; car, il est triste de le dire, la plus belle musique d'opéra n'a pas encore duré quatre-vingts ans. Le devant des premières loges, — et toutes les loges étaient construites alors en saillie, — était occupé par les dames les plus riches et les plus nobles de Paris. Des toilettes dont les diamans formaient presque l'unique éclat, couraient d'un bout des galeries à l'autre bout, et semblaient illuminer la salle, qui ne s'éclairait elle-même que de la lueur plus solennelle que brillante des bougies. Chaque loge enfermait dans son cadre, tout historié de moulures [d'or, le personnel d'une famille, assise selon l'âge et la condition sur des tabourets plus ou moins élevés, et rangés à diverses distances les uns des autres.

La présence du jeune dragon béarnais émut la salle, comme elle avait ému le foyer. On se le désignait, on se penchait pour le voir, et le

sourire d'étonnement que faisait naître son
costume était tempéré chez les femmes par
une estime secrète pour la beauté de son
visage et la grâce de sa tournure. Il produisit
une sensation toute à son avantage en affrontant sans audace cet examen admiratif. On le
vit se ranger doucement contre le fond circu-
laire de l'amphithéâtre, et s'avancer à petits
pas, de peur de déranger les personnes assises
vers l'extrémité de cette première galerie, où
il laissa présumer qu'était sa place. Descendus
à l'orchestre et placés sur la scène où il était
encore d'usage de s'asseoir, les jeunes officiers
du foyer suivaient attentivement du regard celui dont ils avaient projeté de s'amuser pendant
le prochain entr'acte. Ils le virent s'avancer
jusqu'à l'avant-dernière loge de la galerie, et
s'arrêter à cet endroit sans avoir causé le
moindre désordre parmi les spectateurs,

qu'attachait de plus en plus la musique de l'opéra nouveau. Il était arrivé à sa place.

Raoul de Marescreux posa sur la banquette son bérêt de velours. On attendait qu'il s'assît. Il resta debout, les yeux tournés non pas vers la scène, mais vers la loge placée derrière lui, et il se mit ensuite tellement près de la balustrade dorée dont elle était défendue qu'il aurait pu aussi aisément s'y accouder que s'il eût été dans la loge avec les trois personnes qui l'occupaient. Elles ne remarquèrent pas d'abord l'attention dont elles étaient l'objet de la part de leur voisin, du moins cette attention échappa-t-elle au premier instant aux deux hommes assis derrière la jeune dame, plus particulièrement observée par Raoul. L'acte était long, il durait déjà depuis une demi-heure, et Raoul n'avait pas cessé un seul instant de tenir son regard obstinément fixé sur la loge près de laquelle il était debout. Les jeunes officiers dont les yeux ne l'avaient pas quitté, s'aperçurent les premiers de cette étrangeté, et elle les confirma dans l'opinion déjà préconçue chez eux que leur dragon était quelque gentillâtre bien simple, bien naïf, détaché de ses montagnes du Béarn par une avalanche, et roulé avec les neiges de l'hiver jusqu'à Paris. C'était un ours égaré loin de sa tanière. Ils communiquèrent leur opinion à leurs voisins, et bientôt la salle entière plaisanta sur le compte du beau dragon, si complétement étranger aux usages, aux façons de se conduire dans le monde. Lui ne bougeait pas. Il était jeté en bronze; son regard ne changeait pas plus de direction que celui de la statue d'une place publique.

On souffrait d'autant plus de son inconvenance qu'elle avait choisi pour point de mire une personne en pleine faveur dans la société, et par l'illustration de son origine, par les re-

lations dont elle rehaussait encore sa naissance,
et par une grande beauté. C'était la marquise
Casimire de Courtenay que le singulier jeune
homme affrontait ainsi de son attitude insultante. Qu'avait-il contre cette dame, dont la
vie durement éprouvée pouvait servir de texte
à toute une histoire d'événemens tristes, dou-
loureux, déchirans, mais où l'on n'aurait pas
rencontré une page tachée par le doigt du
scandale? On la respectait, quoique illustre; on
ne la haïssait pas trop, quoique belle : on l'é-
pargnait enfin comme le passé et le malheur,
quoiqu'elle n'eût pas trente ans encore.

Comme toute femme prudente l'eût fait à sa
place, elle tourna la tête du côté opposé à celui
où se trouvait l'homme qui fouillait si cruelle-
ment dans les traits de son visage, et elle cherchait à concentrer et à fixer son attention sur
la pièce. Elle ne put si bien se renfermer dans
l'étroit rayon de cette unique direction don-

née à son regard qu'elle n'aperçût dans toutes les loges d'avant-scène le mouvement continuel de curiosité dont elle était la cause. Malgré elle, la marquise détachait sa vue de la scène et la jetait à droite et à gauche, le plus loin d'elle possible, tout en gardant son attitude de calme spectatrice. On crut dans la salle qu'elle n'avait pas encore remarqué l'incroyable manége de l'étranger.

Cependant, suffoquée par cette contrainte, la marquise de Courtenay retira un peu sa tête en arrière dans la loge, et la leva pour adresser quelques paroles au commandeur son beau-frère. Mais celui-ci ne les entendit pas ; il était occupé et exclusivement occupé à répondre, regard par regard, à cette agression muette du jeune homme, qui, de son côté, semblait ne pas voir qu'il y avait deux hommes dans la loge. Il est vrai que l'un d'eux était le mari de la marquise, et en vé-

rité on ne sait trop si l'on pouvait le compter
pour un homme. Quant au commandeur, son
frère, il perdait son temps, il usait inutile-
ment ses yeux à regarder le dragon tantôt
avec l'aigreur du mépris et tantôt avec la dé-
daigneuse compassion de la supériorité, et
cependant toujours avec la dignité du gentilhomme qui ne veut être ni colère ni soumis.
Raoul ne détournait pas le regard du front de
la marquise de Courtenay où, heureusement
la pâleur de la souffrance éprouvée ne pouvait se montrer, tant son beau front était
ordinairement pâle derrière le rideau entr'ouvert de ses cheveux noirs.

Questionné à plusieurs reprises par la marquise, sa belle-sœur, le commandeur pencha un instant la tête, sans cesser de regarder Raoul et il écouta ce qu'elle avait à lui
dire. Il répondit par un sourire. Qu'avait-elle
dit ? Rien. Qu'avait-il compris ? Rien. Mais

tous deux s'étaient devinés. Leur préoccupation était la même. Que leur voulait ce jeune
homme ?

Le marquis de Courtenay ne s'apercevait
de rien. Il s'amusait comme un rossignol à
cette musique délicieuse, comme un rossignol, dont il avait la maigreur, sans en avoir
la voix. Il profita du moment où sa femme
avait adressé la parole au commandeur, pour
dire : — Il fait bien chaud ici. Sur l'honneur!
dites-moi si je ne cours aucun danger pour
ma vie. Je crois que je me fêle. Est-ce que je
ne me fêle pas ?

Ces paroles du marquis n'étaient pas une
énigme pour ceux qui les entendaient; elles
dénotaient sa folie, qui chaque semaine,
comme on le sait, se produisait sous une
nouvelle forme dans sa tête. Pendant la semaine où l'on était il se croyait devenu porcelaine. Passé à l'état de tasse ou de cafe-

tière, il demandait si la trop grande chaleur
de la salle ne l'avait pas fait fendre. On se
hâta de le rassurer, et il reprit son admira-
tion.

Enfin le premier acte finit, et les spectateurs se répandirent dans les couloirs.
Les jeunes officiers s'étaient déjà réunis au
foyer, dont ils s'étaient emparés.

— Ah! çà, s'écrièrent les plus impatiens,
vous avez vu comment s'est conduit notre
drôle de personnage; au lieu d'une leçon, il
en mérite deux. Il nous appartient.

— Je veux, disait l'un, aller offrir son bérêt à madame la marquise de Courtenay.

— Je veux, disait l'autre, l'obliger à rentrer dans la salle avec une seule guêtre.

— Messieurs, reprenait un troisième, je
veux tout ce que vous voulez, mais encore
faut-il vouloir qu'il se rende ici.

— S'il n'y venait pas, en effet?

— S'il est parti, ajoutait un autre.

— Parti ! mais oui sans doute, il peut être parti ! Qu'un de nous, s'il en est encore temps, aille le prier de venir au foyer. J'y vais moi-même.

Le dernier interlocuteur ouvrait en courant la porte du foyer ; il s'arrêta.

Raoul s'avançait lentement.

Il n'était plus qu'à quelques pas de la porte du foyer, lorsque huit ou dix de ces jeunes gens en barrèrent l'entrée avec quatre longues banquettes et tous les tabourets qu'ils trouvèrent sous leurs mains. Les préparatifs de cette plaisanterie n'échappèrent pas à Raoul ; il comprit sans peine à l'adresse de qui elle allait. Il ne s'avança pas moins. Arrivé devant l'obstacle, il l'enjamba avec la légèreté d'un chasseur de daims, et alla s'asseoir dans un coin du foyer sur l'unique tabouret oublié par les auteurs de la barricade.

Tous les jeunes seigneurs se regardèrent avec un air de dire : On peut tout oser avec lui ; osons encore.

Un lampion était fixé au mur au dessus de la tête du jeune dragon.

— Je vous demande bien pardon, lui dit un de ces fous, en posant le pied sur le bord du tabouret où il était assis, mais l'huile est chère dans cette saison ; permettez-moi d'éteindre ce lampion.

Il éteignit le lampion.

Raoul, emportant le tabouret avec lui, alla se mettre à un autre endroit.

Un de ses ingénieux persécuteurs aperçut aussitôt qu'une croisée était placée derrière le dragon et qu'un carreau de cette croisée s'ouvrait. Il se hâta d'aller l'ouvrir. Un vent glacial courut frapper le cou de Raoul.

Les camarades félicitèrent l'auteur de cette nouvelle mystification.

— Si nous le bafouons plus long-temps,
fit remarquer un des sages de la bande, nous
allons nous priver de tout moyen de nous
mesurer avec lui ; nous l'aurons trop aplati.
Ne déshonorons pas aujourd'hui celui dont
nous voulons faire un adversaire demain.

— Il ne peut déjà plus l'être, dirent plusieurs.

— En ce cas, lui répliqua-t-on, qu'il ait la
bonté de sortir d'ici, où ne peuvent rester que
ceux qui ont fait leurs preuves.

Avant d'attendre la signification de l'arrêt
rendu contre lui, Raoul se leva et se dirigea
vers la porte du foyer. Il sortit après avoir
franchi, toujours avec la même prestesse, la
barrière de banquettes et de tabourets formée
contre lui.

— Je suis fâché, dit un des jeunes gens,
que notre soirée se passe ainsi sans résultat ;
mais véritablement il n'y avait rien à faire

avec ce berger déguisé en dragon. C'eût été une trop facile victoire que de l'humilier davantage. Nous devons nous contenter de l'avoir mis à la porte de notre réunion et de lui avoir fait perdre par là l'occasion de jouir du plaisir du spectacle, car il n'aura pas eu l'audace de rentrer dans la salle après l'accueil qu'il a reçu ici.

—Ne comptez-vous pour rien d'avoir débarrassé madame la marquise de Courtenay de la présence de ce drôle?

— Celui qui parle ainsi a raison, fut-il répondu à l'auteur de la remarque.

—Messieurs, le second acte est commencé, vint annoncer à la porte l'huissier de la Comédie-Italienne.

Le foyer se vida une seconde fois.

Raoul, trompant les prévisions de ses persécuteurs, était allé reprendre sa place sous la loge de la marquise de Courtenay. Il fut loisible à tout le monde, au public comme aux jeunes gens du foyer, de s'assurer que pendant l'ent'racte il n'avait rien perdu de son assurance première. Il avait retrouvé sa pose insultante à l'un des angles de la loge; ses bras s'étaient croisés sur sa poitrine, signe évident de la longue patience dont il se résignait à subir le poids pendant quelques heures, s'il le fallait.

Comme il ne troublait pas le spectacle, comme il ne nuisait en rien aux plaisirs du public par cette conduite, blessante seulement pour trois personnes, la police aurait été fort mal venue de le sommer de quitter la salle. Il arriva même par le fait de cette obstination de Raoul à tyranniser ainsi de son regard cette loge, que certaines personnes cessèrent de voir dans cette conduite bizarre l'action d'un homme décidé à se montrer grossier jusqu'à la brutalité, jusqu'à l'in-

décence, jusqu'à la cruauté. Pourquoi la
fougue d'une passion de jeune homme pour la
marquise de Courtenay ne serait-elle pas la
cause de cet oubli des convenances ! L'amour
fait oublier bien autres choses ; il fait oublier
la plus grave de toutes les choses : le respect
qu'on doit à la personne aimée. Raoul était
plus que suffisamment justifié dans son aveu-
gle témérité par la rare et superbe beauté de
la marquise de Courtenay, une des perfec-
tions que Dieu fait bien d'envoyer de loin en
loin sur la terre afin de retenir parmi les
hommes la croyance du beau, quand toute
croyance s'en va.

Ce n'était ni le marbre qui glace l'œil, ni le
satin, chose blessante au toucher, objets
de comparaison inventés par les rhéteurs
et les mauvais peintres, susceptibles tout au
plus d'inspirer de la volupté aux tapissiers et
aux marchands d'albâtre. C'était de la belle et

suave chair, comme en avaient Eve, Cléo-
pâtre et Ninon, pâle aux joues, blanche aux
épaules, rose le long du bras ; de cette chair
complaisante à qui tout va bien, la guimpe de
malines, la mantille qui la cache à demi, le
fichu qui ne la cache pas du tout, le diamant
que la respiration soulève, autour du cou,
autour des bras, autour du front, car la respiration est partout où est la vie, où est la
beauté. Sous le front, hardiment en saillie de
la marquise, brillaient tendres, sérieux et
tristes des yeux qui avaient gardé l'expression
des choses fatales de la vie. Ils étaient grands
et beaux comme elle était grande et belle ; ils
étaient tendres, parce qu'elle avait aimé jusqu'au délire, jusqu'au désespoir, jusqu'au
sacrifice, tristes parce qu'elle était mariée à
l'homme qui était près d'elle, et qu'elle n'avait
pas été la femme de celui qui était grave et
mélancolique derrière son mari. La femme

était là, dans cette tête intelligente, dans ces yeux, mémoires éternellement ouverts pour qui savait y lire; le reste était à la dame illustre, à l'impératrice, à la haute et puissante demoiselle de Canilly, aujourd'hui marquise de Courtenay. Ses riches épaules, gracieusement étoffées, se prêtaient sans grimace à toutes les articulations de ses bras, qui semblaient heureux d'être si beaux et fiers d'appartenir à une si illustre personne. Et toute cette dignité de corps et de visage n'inspirait pas qu'une contemplation admirative, elle touchait par le grand charme de tristesse qui l'enveloppait. Il ne fallait pas trop cependant se laisser entraîner à la plaindre ou à l'admirer; il y avait partout, à côté des ombres de cette gravité souveraine, des buissons roses auprès desquels il était imprudent de passer; il était facile d'y laisser des lambeaux de son cœur, sans que le buisson sût jamais ce qu'il avait arraché ni que l'ombre eût laissé rien voir.

Il ne semblait donc pas si monstrueux à certains spectateurs, d'abord prévenus contre la tenue de Raoul, qu'il affichât si ouvertement son amour pour la marquise de Courtenay. Tout ce qui sort des conditions banales de l'ordinaire ne déplaît pas à la foule, surtout à la foule française, dont le sang est plein des beaux mouvemens chevaleresques des tournois.

La marquise de Courtenay ne perdit pas contenance ; elle tint bon pendant toute la moitié du second acte contre cette persécution d'un regard qui ne cherchait qu'elle, ne voyait qu'elle, n'attaquait qu'elle dans une loge où il y avait deux hommes, dont l'un avait fini par perdre son sang-froid héroïque, l'autre son indifférence hébétée. Mais, dans le courant de l'autre moitié de l'acte, elle eut à lutter sur le terrain même où elle était placée. Elle avait vu le commandeur retirer peu à peu son gant

de la main gauche et le passer dans sa main

droite avec l'intention marquée d'en faire un

usage terrible, et son mari, avec un sourire

niais, chercher sur le visage du commandeur

la cause du rouge pourpré qui l'enflammait.

— Je vous en prie, mon frère, dit-elle au

commandeur, je vous en supplie, allons-nous

en plutôt.

La supplication de la marquise fut si éner-

gique et d'une telle expression qu'elle n'é-

chappa pas aux jeunes gens placés sur la scène.

Ce n'est plus avec leur épée, c'est avec le bâ-

ton de leurs valets qu'ils sentirent en ce mo-

ment le besoin de châtier l'insolente statue

debout près de la loge de la marquise de Cour-

tenay.

— Nous en aller ! murmura le commandeur,

dont le gant était retenu par la main tremblante de la marquise ; nous en aller ! pourquoi ne pas lui faire des excuses !

— Mais qu'est-ce donc ? demanda le marquis ; qu'avez-vous pour vous agiter ainsi tous les deux ? M'arriverait-il quelque chose de fâcheux ? Est-ce que l'on m'aurait heurté ? Suis-je près d'être brisé ? Pourquoi m'exposer ainsi à une si grande foule, moi si fragile ? Je suis tout Japon, pur Japon, ce soir.

— Il y a, lui dit sèchement le commandeur, que madame la marquise, votre femme, est en butte aux insultes d'un fat, d'un impertinent dont ma main va châtier le visage, si son visage ne change pas à l'instant de direction.

— Où est donc ce fat, où est donc cet impertinent ? demanda en gazouillant le marquis, montrez-le-moi donc, mon frère.

Le marquis avait parlé d'une voix si peu mesurée que chacun prit part à cette bévue, et s'épanouit de rire en voyant le marquis ne pas apercevoir à ses côtés ce que chacun voyait fort bien depuis deux heures de tous les coins de la salle.

Cette hilarité du public fit comprendre au commandeur, supérieurement maître de lui-même, comme tous les hommes d'un vrai courage, la nécessité de retarder de quelques minutes la leçon qu'il avait arrêté de donner au dragon, aussi calme au milieu de l'orage grondant à ses côtés, sur sa tête, à ses pieds, autour de lui, qu'il l'avait été jusque-là.

Pendant ces minutes de répit, la toile fut baissée, et la foule s'écoula une seconde fois; ce fut moins pour s'entretenir de la pièce que du singulier événement dont elle venait d'être témoin qu'elle quitta la salle.

— Ma voiture! mes gens, s'écria la marquise, en ouvrant la porte de sa loge.

— A vos ordres, madame la marquise, répondit un valet de pied qui attendait dans le couloir.

— Partez sans nous, dit le commandeur à la marquise ; mon frère et moi nous rentrerons plus tard à l'hôtel.

— Adieu donc, messieurs, dit la marquise en prenant la main de son mari et celle du commandeur. Toute l'émotion de dignité et de crainte dont elle suffoquait se fit sentir dans cette pression. Elle disparut.

— A nous, mon frère, dit le commandeur au marquis. Il est passé de ce côté. Venez, suivez-moi.

Raoul, malgré la défense des jeunes gens, était entré sans façon dans le foyer. Un murmure d'indignation l'accueillit.

Le commandeur et son frère ne perdirent pas le temps à s'indigner, ils s'ouvrirent un passage à travers la cohue menaçante, et se placèrent en face de Raoul.

L'un, c'était le commandeur, leva son gant
sur le visage du jeune dragon; l'autre, par
imitation, leva son mouchoir. Raoul arrêta
leurs deux bras en même temps.

— Deux soufflets, dit-il, je les tiens pour
reçus. A combien de pas? demanda-t-il.

— Nous marcherons l'un sur l'autre, répondit le commandeur, et tirera qui voudra;
et ceci jusqu'à ce que mort s'ensuive.

— Soit! dit Raoul. Voici mes seconds. Il
frappa sur l'épaule de deux jeunes sous-offi-
ciers, deux de ces jeunes gens qui s'étaient
tant moqué de lui pendant la soirée.

— Vous ferez connaissance avec les nôtres
demain à quatre heures de l'après-midi, au
bois de Vincennes, carrefour du Grand-
Chêne.

— Je vous y attendrai, dit le dragon rouge
en saluant ses deux adversaires. Messieurs,
ajouta-t-il, après s'être tourné vers ses deux

seconds, rassurez-vous, je suis bon gentilhomme. Il s'en alla, laissant la société du foyer
fort étonnée de voir ainsi se conduire un
homme dont ils avaient singulièrement mis
en doute le courage quelques heures auparavant.

VI.

Ce n'était pas la première fois, on le sait, que la marquise de Courtenay se rencontrait avec Raoul, le dragon rouge.

Elle rentra à son hôtel dans la plus vive agitation; elle en dévora les marches comme si elle eût été poursuivie. Ses domestiques qui ne l'attendaient guère qu'à minuit, selon l'usage, lorsqu'elle allait à la Comédie-Italienne, parurent fort étonnés de la voir revenir à neuf heures et demie, et plus surpris encore de ce qu'elle revenait sans le marquis ni le commandeur.

Dans le désordre de ses idées, elle ne remarqua pas tout de suite que son fils Tristan et sa fille Léonore étaient parmi ses gens, tous attentifs, tous inquiets, tous empressés autour d'elle. Tristan lui prit enfin la main, Léonore l'enlaça de ses bras, et tous deux lui demandèrent avec instances, en la couvrant de caresses, la cause de ce retour si prompt, si agité. Ils la priaient avec de tendres paroles de les rassurer. Jamais ils ne l'avaient vue si bouleversée.

La marquise ordonna à ses gens de se retirer. Elle rentra à son hôtel dans la plus vif

— Mes chers enfans, vous vous méprenez; il ne m'est rien arrivé de fâcheux. Ne vous alarmez pas ainsi, dit-elle à Tristan et à Léonore, en leur rendant machinalement leurs caresses; je suis rentrée plus tôt que vous ne m'attendiez, parce que ce soir, en partant, j'avais oublié, et l'oubli est inconcevable, d'écrire au ministre sur un objet très important et très pressé. Le souvenir de cette omission m'a surprise au théâtre et j'accours au plus vite pour la réparer. Mais oui, ajouta-t-elle, en jetant les yeux sur la pendule, il en est temps encore. Le ministre reçoit ce soir; ma lettre lui parviendra avant onze heures. Je vais lui écrire.

Il était d'un hasard heureux pour la marquise que le prétexte dont elle se servait avec tant de présence d'esprit auprès de ses deux enfans, afin de couvrir l'extrême agitation de son retour, répondit si bien à l'intention où elle était d'écrire au ministre, aussitôt rentrée chez elle.

— Oui, pensa-t-elle, écrire tout de suite au ministre, et, s'il est possible, réparer par là une partie de la faute que j'ai commise. Quelle faute !

— Léonore, ma fille, du papier !

— Tristan, dites à un domestique de se tenir prêt à sortir.

Tandis qu'elle donnait ces ordres, la marquise arrachait ses gants plutôt qu'elle ne les retirait de ses mains. Elle écrivit sur un coin de la cheminée ce billet au duc de Bourbon :

« Monsieur et ami,

» Je reviens pleinement et entièrement sur » ma détermination de cet après-midi, dussiez-vous m'accuser de contradiction, de » légèreté. Il n'y a pas de légèreté ; mais » qu'importe.

» Comprenez-moi bien, je ne m'oppose plus
» à ce que M. Raoul de Marescreux, sous-lieu-
» tenant dans les dragons de la milice provin-
» ciale du Béarn, soit nommé capitaine dans
» la Maison-du-Roi. Au contraire, et je vous
» prie de m'envoyer sa nomination demain
» avant midi, et ce soir si vous le pouvez :
» oui, ce soir. Je voudrais la tenir déjà.

» Je me charge de la lui faire parvenir ; je
» tiens même à ce que nul autre que moi ne
» la lui remette. C'est un service dont je veux
» que M. Raoul de Marescreux me soit recon-
» naissant. Encore une fois, monsieur et ami,
» ne vous préoccupez pas du changement sur-
» venu dans mes opinions à l'égard de ce
» jeune officier ; l'essentiel, l'important, l'in-
» dispensable est que j'aie entre les mains et
» en quelques heures son brevet de capitaine.
» Ce n'est pas à lui seulement, songez-y bien,
» que vous ferez une faveur des plus grandes.

» Je puis compter sur votre bienveillance, je
» le sais, mais je veux compter sur votre exac-
» titude sans laquelle tout serait inutile.

» Votre amie,

» Marquise DE COURTENAY.

» Dix heures moins cinq minutes. »

— Tristan, remettez ceci à Lorrain, et qu'il
aille, sans perdre une minute, à l'hôtel du mi-
nistère. C'est une lettre pour le ministre. Allez,
dites-lui d'attendre la réponse.

— Oui, ma mère.

— Ma chérie, dit ensuite la marquise en at-
tirant sur ses genoux sa fille Léonore et l'appuyant contre son cœur, qu'avez-vous fait, je
veux le savoir, vous et votre frère, pendant
mon absence?

La marquise regarda furtivement l'heure à
la pendule.

— Nous nous sommes beaucoup occupés de
nous-mêmes.

— Voyez-vous, ces petits égoïstes!

C'est à peine si la marquise crut avoir répondu à sa fille.

— Savez-vous ce que nous disions? D'a-
bord, que dans deux ans, Tristan aurait dix-
sept ans, et moi, quinze ans, ou bien près de
quinze ans.

— Mais oui, c'est fort exact, dit la marquise
en soupirant.

— Ce que je dis vous ferait-il de la peine,
maman? vous avez soupiré.

— Chère bonne, dit la marquise en pressant les joues de sa fille sous un long et pesant
baiser, je soupire, ne le devinez-vous pas?
parce que je pense aux changemens que ces
deux ans peuvent apporter dans la vie.

— Quels changemens apporteraient-ils?
N'êtes-vous pas heureuse; craindriez-vous de

cesser de l'être d'ici-là ? Est-ce que nous ne vous aimerons pas toujours ? Vous êtes donc décidément mal disposée, inquiète ce soir, chère maman ?

— Moi, inquiète ! quand je vous ai sur mon cœur.

Est-ce que cette pendule n'irait pas ? pensa a marquise, et elle dégagea de sa ceinture une petite montre enchâssée derrière sa cassolette. Mais elle va bien. Il n'y a donc que dix minutes que je suis ici ! Que se passe-t-il là-bas au théâtre ?... Lorrain, je pense, sera bientôt arrivé chez le ministre.... J'étouffe.... je voudrais être partout.

— Ce n'est pas pour moi, reprit la marquise, en faisant asseoir sa fille auprès d'elle, que je suis inquiète de voir arriver les années, mais c'est pour vous:

— Pour moi ! dans deux ans j'aurai quinze

ans; est-ce qu'on est malheureuse ordinairement à cet âge? L'auriez-vous été?

— Non, chère étourdie, on ne connaît pas
encore le chagrin à cet âge; mais on n'est déjà
plus un enfant. Beaucoup de jeunes filles se
marient à cet âge.

— Ah! quant à moi, voilà, puisque vous
désirez le savoir, ce que je disais à Tristan ce
soir : je ne me marierai pas afin de pouvoir
toujours rester avec vous. N'est-ce pas, Tristan, dit Léonore à son frère qui rentrait dans
le salon, je te disais cela?

— Vrai, ma mère, répondit Tristan.

— Je vous crois tous les deux; mais vous
changerez d'avis, Léonore, et je vous conseille
de ne pas plus croire à vos projets, que Tristan
à ceux qu'il a pu faire de son côté.

— Je renoncerai aux miens, tout de suite,
reprit Léonore, si vous le voulez; mais alors,
je me marierai pour vous et non pas pour moi.

— Vous marier pour moi, s'écria madame
de Courtenay! chers enfans, ajouta-t-elle en
posant leur main sur son cœur. Oh! je vous en
conjure d'avance, je vous l'ordonne, entendez-vous, je vous l'ordonne, ne m'écoutez pas,
désobéissez-moi, si jamais je parais faire violence à vos inclinations, au choix du mari ou
de la femme que vous aurez arrêté dans votre
cœur. Moi, vous contraindre!... N'est-ce pas
que vous me désobéiriez?...

— Puisque je ne veux pas me marier, dit
Léonore en souriant sous les pleurs de sa
mère, pourquoi me faire faire cette promesse?

— Vous avez raison, Léonore, j'oubliais que
vous vouliez rester fille, ajouta Mme de Courtenay en sentant s'évaporer sous une ironie
triste et douce les pleurs venus jusqu'aux bords
de ses paupières.

Un quart d'heure de dévoré, murmura-

t-elle. Dix heures sonnaient à la pendule du
salon.

— Cependant, je fais une exception, continua Léonore, et je la faisais tantôt à mon frère
Tristan : s'il se rencontrait un jeune homme
beau, noble, loyal, généreux, plein d'honneur,
de courage, constamment affable envers ses
inférieurs, empressé et sérieux auprès des
femmes, se mettant avec goût sans paraître
jamais ridicule, aimé de tout le monde, ne mé-
disant de personne, indulgent avec les plus
petits esprits et se faisant écouter avec respect
des plus grands; ah! celui-là, ma mère, je l'aimerais, oui je l'aimerais de toute mon âme, et
je le voudrais pour mari, je l'épouserais et
vous ne vous y opposeriez pas.

— Celui-là, malheureusement, ma pauvre
Léonore, n'existe pas.

— Mais oui il existe, chère maman, s'écrièrent à la fois Tristan et Léonore, puisque

reprit Léonore, mon oncle le commandeur est exactement semblable au portrait que je viens de faire.

Mme de Courtenay se leva brusquement, laissant tout surpris de ce mouvement spontané Tristan et Léonore.

Ce collier m'écrase, cette ceinture m'étouffe, dit la marquise, qui prit ce faux prétexte pour aller cacher à quelques pas de ses enfans l'effet produit sur son visage par la commotion dont elle avait été frappée.

Après avoir mis le plus de temps possible à ouvrir son collier et à dénouer sa ceinture, elle revint, plus pâle que le mantelet d'hermine dont elle n'avait pas encore dépouillé ses épaules, reprendre sa place entre ses deux enfans.

Elle reprit avec un calme affecté :

— Mais vous avez donc parlé de tout, ce soir, pendant mon absence? Et vous, M. Tristan, quel rêve doré avez-vous fait en compagnie de votre sœur?

—Moi, j'étais tout simplement ambassadeur comme grand-papa, dont voilà le portrait.

— Vous avez été bien plus raisonnable que votre sœur, si vous n'avez pas été excessivement modeste, dit Mme de Courtenay à son fils, svelte adolescent, d'une taille adorable d'élégance et de distinction pour son âge, ressemblant à ces spirituels pastels laissés par le crayon bleu et rose du dix-huitième siècle. Bouche fleurie, regards doux et presque noirs déjà, joues blanches et minces, recouvrant des pommettes spirituelles, coquettes, incisives. Un charmant habit de soie couleur d'eau argentée, fourreau flexible, s'arrêtait étroitement à son cou, tout nu, tout blanc, tout fier comme celui d'un jeune cygne. Ses fines jambes de gentilhomme avaient la légèreté, la prestesse et la grâce étourdie de celles du chevreuil ; c'était

un faon. Il avait les mouvemens vifs, le pied
fin, la main jolie et toute frétillante sous la
corolle de dentelle qui lui servait de manchette.
Ainsi devait être à quinze ans son oncle le
commandeur.

— Vous voulez donc être ambassadeur,
monsieur mon fils! reprit la marquise, dont
l'oreille était maintenant attentive au moindre
bruit pour savoir si la voiture qui devait amener son mari et son beau-frère n'entrait pas dans
la cour. Mais savez-vous que n'est pas ambassadeur qui veut? Il faut d'abord être ou un
grand général, ou un grand politique.

— Je serai l'un ou l'autre ; mais à vous parler franchement, ma mère, je crois que je
serai un grand politique.

— Vraiment!

— Oui, ma mère. J'aurais du goût, il me
semble, pour gouverner les hommes, diriger
l'Etat, faire la paix ou la guerre, donner des

emplois, être le conseiller d'un roi, enfin.

— Que tu as un beau front, mon Tristan; viens, que je t'embrasse, cher enfant,
pour ce que tu as dit. Tu me plais; tu me ra-
vis; tu as de l'ambition. Oui, il faut en avoir.
C'est l'amour des grandes choses, des choses
justes, des choses vraies, de celles qui font laisser un nom. Il y en a de beaux, de graves,
dans notre famille, mais elle en veut un plus
grand encore. Il nous manque un ministre.
Si tu l'étais un jour. Tu m'écouterais bien,
n'est-ce pas?...

— Ma mère!...

— Vois-tu, nous autres femmes, nous connaissons le cœur mieux que vous. Nous voyons
à travers tous les visages, même le mieux
masqués; nous entrons dans le joint des âmes
en nous jouant, et parce qu'on nous traite
sans importance, comme l'air. Je serais derrière toi, je te conseillerais, je verrais pour

toi, j'irais où tu n'irais pas, Nous servirions le
pays...

— Nous servirions le roi, ma mère. Et si
des méchans, des conspirateurs, par exemple,
des ennemis du pays, comme on m'a dit que
l'étaient, il y a quelques années, M. de Cellamare, M. le duc du Maine et tant d'autres,
voulaient renverser le roi, eh bien ! nous leur
ferions couper la tête...

— Méchant ! s'écria Léonore.

Mme de Courtenay poussa un cri affreux.
Elle posa une main tremblante sur la bouche
de son fils, et, les forces lui manquant avec la
voix, elle se laissa, toute défaillante, tomber
en arrière.

— Ma mère! ma mère! qu'avez-vous? Du
secours! du secours!

Tristan sonnait d'un côté.

Léonore sonnait de l'autre.

Les deux pauvres enfans perdaient la tête,

Marine et un valet de pied parurent enfin.

— Marine! accompagnez ma fille à sa chambre. Elle va se coucher. La marquise baisa Léonore au front.

— Poitevin! éclairez monsieur, qui se retire aussi.

La marquise embrassa Tristan.

Restée seule, la marquise porta les yeux et les tint douloureusement fixés sur le portrait en pied du comte de Canilly, son père, peint en costume d'ambassadeur.

Les regards de la marquise s'étaient particulièrement portés, dans leur profonde absorption, sur une ligne tracée autour du cou du comte de Canilly.

Cette ligne était rouge comme le serait la trace d'un coup de couteau circulairement donné autour d'une grenade. On sait ce qu'elle indiquait.

La marquise se leva en sursaut; elle avait

cru entendre le pas des chevaux dans la
cour.

Elle se trompait. La voiture n'était pas encore arrivée.

Elle retomba dans sa méditation devant le
portrait de son père. Ce fantôme évoquait pour
elle un passé de douleurs, plus poignant que
jamais à l'heure présente et à cause des événemens qui venaient d'avoir lieu à la Comédie-Italienne.

Le dragon avait tenu parole, lui et elle devaient se revoir. Ils s'étaient revus.

La marquise, toujours les yeux fixés sur le
portrait de son père, comme pour qu'il réso-
lût la question de vengeance, plus fermement
posée que jamais depuis le retour du spectacle, entendit sonner minuit, une heure, deux
heures, sans voir revenir ni son mari, ni le
commandeur.

À trois heures, les portes de l'hôtel s'ouvrirent. La marquise se leva. Le commandeur et le marquis de Courtenay entraient au salon.

— Eh bien ! dit-elle ?

— Eh bien ! répondit le commandeur, c'est pour demain, à quatre heures de l'après-midi.

— Vous vous battez. Qui de vous se bat ?

—Tous les deux ? répondit le commandeur. Nous avons passé la nuit à réunir nos témoins.

— Tous les deux ! répéta la marquise. Vous aussi ! s'écria-t-elle, sans qu'on pût dire si c'était le marquis ou le commandeur qui lui arrachait ce cri d'étonnement.

— Mais... bégaya le marquis de Courtenay, qui crut l'avoir inspiré, mais j'espère encore...

— N'est-ce pas au mari à défendre aussi l'honneur de sa femme ! interrompit le commandeur.

— Vous avez raison! dit tout bas la marquise.

— Mon père! dit-elle encore plus bas, est-ce que je n'aurais pas mieux fait d'oublier?

VII.

A quatre heures précises , et on eût pu les
entendre sonner au donjon de Vincennes, deux
voitures sombres et sans armoiries arrivèrent
par deux allées différentes au carrefour du
Grand-Chêne. Elles s'arrêtèrent à quelques

pas de l'arbre colossal dont le nom est devenu
celui de ce rond-point bien connu des chas-
seurs. De la première voiture, qui était la plus
grande, descendirent d'abord le marquis de
Courtenay et le commandeur, ensuite quatre
autres personnes de distinction. La portière
de l'autre voiture s'ouvrit pour laisser passer
Raoul de Marescreux, le dragon rouge, et ses
deux témoins, pris, si l'on s'en souvient,
parmi les jeunes officiers du foyer de la Comédie Italienne. Ils portaient des costumes de
ville. Comme on n'avait pas pu interdire à
leurs nombreux camarades, présens à la dispute de la veille, d'assister à la rencontre des
trois adversaires, ils s'étaient à peu près tous
rendus à l'endroit choisi pour vider le différend. Afin de ne porter aucun ombrage aux
combattans ni à leurs seconds, ils s'étaient
formés par groupes silencieux à l'ouverture
d'une des routes qui aboutissent au rond-

point. Le froid incisif de la journée n'avait pas
été un obstacle à leur curiosité. D'ailleurs le
duel étant l'occupation et l'amusement de leur
vie, ils venaient là avec le naturel que d'autres
apportaient à aller à la messe ou au spectacle.
Sur un terrain durci et nivelé par une forte
gelée, les trois adversaires s'abordèrent en se
saluant. Leurs témoins, qui les suivaient de
près, se firent également leurs politesses, courtoisie glacée dont rien ne peut rendre la déses-
pérante impression. Le commandeur, tenant
toujours sous son bras le marquis de Courtenay, son frère, s'adressa le premier à Raoul.

— Monsieur, lui dit-il, je crois inutile, dans
la position où nous nous sommes mis, d'alon-
ger notre entrevue d'explications oiseuses. Les
paroles ne changeraient rien aux faits.

— Rien, interrompit Raoul, absolument
rien, monsieur.

Le commandeur profita de cette interrup-

tion, si brève qu'elle fût, pour lancer un coup
d'œil oblique sur le visage de son frère. Il fut
peu rassuré.

— J'aurai donc l'honneur, poursuivit-il, de
vous rappeler ainsi qu'à vos témoins, M. de
Marescreux, qu'il est dans mon intention et
dans celle de M. le marquis, mon frère, de
voir se continuer le combat jusqu'à ce que je
tombe, ou jusqu'à ce qu'il tombe lui-même
mort sous votre balle.

Le commandeur eut la convenance de ne
pas ajouter : ou jusqu'à ce que l'un de nous
deux vous ait laissé sans vie sur le terrain. Il
ajouta seulement :

— Et celui qui aura essuyé le feu de l'adversaire, pourra faire feu à son tour, quelle
que soit la gravité de sa blessure, sans qu'il
soit apporté aucun empêchement par les témoins. Debout, assis, couché, il pourra tirer
sur son adversaire.

— C'est bien ainsi que je l'entends, répondit Marescreux en consultant ses deux témoins
dont les fronts se penchèrent affirmativement.

Comme le bras du marquis de Courtenay qui
s'appuyait sur le bras de son frère, le commandeur, était caché ainsi qu'une partie de
son épaule sous le manteau de celui-ci, le
mouvement involontaire qu'il fit pour glisser
sur lui-même ne fut remarqué de personne;
une pression de résistance, un coup sec le re-
tint à l'instant même comme s'il eût été scellé
à un mur par un gond de fer. Le marquis put
pâlir, mais il resta debout.

— Je crois me souvenir à mon tour, dit Marescreux, que nous devons marcher l'un sur
l'autre, et faire feu quand nous le jugerons
convenable.

Les témoins n'avaient aucune observation
à faire. Les conditions de ce duel ou de ces
duels, ne sortant en aucune façon des règles

établies; elles appartenaient tout simplement à l'ordre des duels graves, car il y avait eu outrages publics, soufflets donnés publiquement. Mais en général, ce genre de duel, très usité au dix-huitième siècle, qui consiste à marcher l'un sur l'autre, le pistolet à la main, n'offri pas toujours l'imminence d'un péril mortel; les deux adversaires avaient sans doute le droit, placés à cinquante ou soixante pas de distance, de s'avancer front contre front, jusqu'à ce que le canon de leurs pistolets touchât leurs poitrines, et dans cette position de décharger leurs armes, mais rarement poussaient-ils à ce point les effets de la haine et de la vengeance; renonçant d'ordinaire à ce sinistre avantage, le plus généreux lâchait son coup à vingt ou vingt-cinq pas, et dès-lors, si l'adversaire ne tombait pas blessé mortellement, il faisait feu tout de suite; sa conduite était méprisée s'il agissait autrement, dans tous les cas, bien entendu, où l'injure comportait de part et d'autre cet amendement apporté à un droit terrible.

— Le reste est l'affaire de nos témoins, dit le commandeur en s'éloignant de quelques pas avec son frère.

Quand ils ne se trouvèrent plus à portée d'être entendus, le commandeur dit au marquis de Courtenay, plus blafard que le soleil de cette froide journée :

— Mon excellent frère, nous avons nos jours de mauvaise disposition dans la vie et où nous valons mieux que notre cœur.

— Que voulez-vous, mon frère, ce tremblement nerveux....

— Ce tremblement provient du froid, continua le commandeur. Au surplus, comme je vous le dis encore, la vie ne voit pas constamment les hommes dans une égale disposition d'humeur. Malgré leur bonne volonté, leur devoir, le cri de leur honneur, ils faiblissent, ils chancèlent, ils succombent pour ainsi dire, et tombent au dessous d'eux-mêmes. Oh! je ne dis pas cela pour vous, mon frère! car je suis content, si je ne suis pas étonné de votre fermeté.

— Je vous remercie de votre estime, dit le marquis de Courtenay, dont tous les membres étaient transis de peur. Oui, ajouta-t-il, il arrive parfois qu'on soit, comme vous le dites, moins brave tel jour que tel autre, qu'on soit tel jour un peu.... Vous trouveriez-vous par hasard dans cet état si naturel, et je crois si excusable, mon frère? demanda-t-il avec une espèce de honteuse satisfaction.

— Je le crains, répondit le commandeur, qui se possédait aussi fermement que la nuit où il tua en Pologne la louve affamée; oui, mais votre exemple, mon frère, me fait rougir de ma faiblesse; il me ranime, me remonte, il me replace à mon centre. Je mérite après tout quelque indulgence; je ne suis pas vous. Vous, mon frère, si, par la permission de Dieu, vous sortez de la vie d'ici à quelques minutes, vous aurez du moins goûté à ses plus douces félicités; vous aurez possédé la femme aimée; celle qui vous aura fait connaître les joies graves de père après les joies de mari; tandis que moi, si je dois partir, je m'en irai tout aussi pauvre de plaisirs, que vous en avez été riche. Je n'aurai connu que le travail et la guerre. Je comptais sur l'avenir pour me dédommager.... l'avenir ne sera pas venu. Je sais, ajouta le commandeur, qui voyait de plus en plus blanchir la figure de son frère, à mesure que la fatale minute approchait, et qu'on entendait ce petit bruit d'acier que produisent les détentes qu'on arme, les baguettes qui entrent dans le canon, je sais qu'il est fort triste de quitter ces biens après les avoir connus; mais vous laissez une

femme dans l'opulence, des enfans sur le sort
desquels sa tendresse vous rassure...... Quoi
qu'il en soit des raisons que nous pouvons
avoir, vous et moi, mon frère, de quitter la
vie avec plus ou moins de regrets, dit le commandeur, d'un accent dont l'affection ne ca-
chait pas la solennité, je vous prie de me décharger votre arme dans la tête, si vous me
voyez faire ici, sous les yeux des hommes et
de Dieu, un seul mouvement de lâcheté. Jurez-
moi cela, par le saint nom du Seigneur, par
notre mère et par le respect que vous avez
ainsi que moi pour les Courtenay, nos aïeux,
qui tous furent des braves.

— Je vous le jure, mon frère, je vous le
jure, murmura, arrivé au comble de la peur,
le marquis de Courtenay, qui comprenait enfin
que si son frère lui demandait le service de le
tuer en cas de lâcheté, il pouvait être sûr, de
son côté, lui, pauvre marquis, d'être tué sur

place par le commandeur s'il faisait un signe de faiblesse ou d'incertitude devant leur commun adversaire.

C'est précisément à cette persuasion-là que voulait l'amener le commandeur; il voulait le convaincre qu'il le tuerait s'il laissait voir sa peur. Avec quelles préparations ne venait-il pas de lui communiquer cette détermination? Il s'était présenté lui-même comme un lâche, lui! afin de ne pas dire à son frère aîné : je sens clairement que vous seriez un lâche si je n'étais pas là ; mais je suis là et je vous tue si vous vous avisez de mollir.

Lorsque le commandeur vit venir vers lui ses témoins et ceux de son adversaire, il leur dit de loin, avec un sourire grave : Nous avons levé, mon frère et moi, une petite difficulté qui vous aura peut-être occupés pendant que vous chargiez les armes. Mon frère aura l'honneur d'engager le premier le combat avec M. de

Marescreux. Il a été le premier et le plus directement offensé ; puisse cet arrangement entre mon frère et moi ne pas contrarier les vues de notre adversaire. L'agréez-vous, Monsieur ?

Les témoins de Raoul de Marescreux attendirent sa réponse.

Elle fut tout entière dans sa démarche. Il prit le pistolet de la main d'un de ses témoins et s'éloigna à pas lents.

Le marquis de Courtenay se serait bien passé de l'honneur de l'initiative. Il essaya à cette minute décisive de balbutier quelques uns de ces mots dictés par l'instinct de conservation, et dont le courage n'est pas la base ; mais son frère lui étouffa la voix en le pressant contre son cœur, et en lui disant tout bas à l'oreille dans cet adieu rapide : Souvenez-vous de votre serment ; si vous aperceviez en moi la moindre faiblesse, tuez-moi. Quand il déga-

gea ses bras, les témoins s'étaient déjà éloi-
gnés. Le commandeur laissa alors son frère
livré à lui-même au milieu de l'endroit entièrement découvert où ils étaient parvenus en
marchant. C'était une plaine enfermée par un
vaste pourtour de halliers. A leur droite s'é-
tendait une partie de ce cercle de petits buissons formant, l'été, une galerie charmante de
verdure.

Raoul et le marquis de Courtenay se virent
face à face, à une distance tout à fait hors de
la portée de la balle.

Le pistolet tendu, ils marchèrent; ils avaient
déjà marché quelques pas l'un sur l'autre,
lorsque Raoul baissa tout-à-coup l'arme et
s'arrêta.

Le nuage qui voilait la vue du marquis l'em-
pêcha de se rendre compte de ce qui se passait; il ignorait pourquoi il n'était pas mort

pourquoi il était encore en vie, pourquoi il n'entendait plus aucun bruit.

Les témoins et le commandeur comprirent aisément, sur une désignation muette, le motif qui avait suspendu la marche de Marescreux et fait baisser le canon de son pistolet.

Entre les deux adversaires, et dans le hallier près duquel ils étaient, deux petits enfans, qu'on n'avait pas aperçus d'abord, dormaient enveloppés dans une couverture de laine. Deux chênes nains, étoilés encore de quelques feuilles sèches, servaient de berceau et d'abri aux deux petits laitiers. Ils revenaient de vendre leur lait à Paris ; auprès d'eux on voyait leurs boîtes en fer blanc, et, attachée à la main de l'un d'eux par une corde une petite chèvre qui broutait des branches sèches. Ces pauvres anges dormaient à plaisir : leurs petites têtes dépassaient, ainsi que leurs petits pieds, les bords de la couverture ; et leurs petits pieds et leurs petites têtes étaient roses de froid.

Que faire? les éveiller? Leur témoignage pouvait gêner un jour. Couraient-ils quelque danger entre ces deux balles qui allaient partir, se croiser et donner peut-être la mort?

Raoul interrogea du regard les témoins éparpillés à gauche de la ligne du combat, et, sur un signe expressif de leur part, il devina que les enfans n'avaient rien à craindre de la direction des balles.

Pendant ce court armistice, dont il n'avait pas un instant saisi la signification, le marquis promena vaguement ses yeux autour de lui et il aperçut, debout, sur un accident de terrain, son frère le commandeur. Celui-ci le tenait sous la fixité de son regard avec une domination si grande que quelque chose de sa divine énergie, électricité, fluide du courage, courut dans les veines du marquis. Il se dit : Allons, il faut mourir, mon frère le veut.

Les deux adversaires s'avancèrent lentement l'un vers l'autre; Raoul, sans perdre un
nstant de vue la poitrine du marquis; celui-ci
en suivant machinalement l'impulsion qu'il
semblait recevoir de la présence de son frère
le commandeur.

Ils n'étaient plus qu'à quinze pas d'éloignement : à cette distance, il est rare que la balle
dévie, pour peu que la main soit calme.

Ils s'avancèrent encore de deux pas chacun
de son côté.

— Notre honneur va être sauvé, murmura
le commandeur en tenant son cœur dans sa
main. Mais ils devraient tirer, dit-il, presque
assez haut pour être entendu.

Dans le plus profond silence les témoins attendaient.

Raoul et le marquis avancèrent encore.

Ils ne sont plus qu'à cinq pas de distance.

— Je crois que mon frère s'évanouit, murmura le commandeur ; il se renverse en arrière, il va tomber ; il tombe !

Il s'écria :

—Monsieur le marquis de Courtenay ! Monsieur le marquis de Courtenay !

— Silence ! crièrent les témoins, silence !

Le marquis de Courtenay s'était en effet penché en arrière afin de mieux assurer son point de mire.

On entendit le bruit simultané de deux détentes et de deux coups de pistolets retentir.

Raoul vacille comme un jonc.

Le marquis reste immobile.

Les témoins accourent vers eux.

La balle de Raoul avait frappé la poitrine du marquis ; mais le coup avait porté obliquement, la balle avait rencontré une côte, elle l'avait suivie et s'était ensuite échappée sans pénétrer dans les chairs.

Mieux dirigée, la balle du marquis avait suiv

la direction du cœur de Raoul, où celui-ci avait sa main gauche posée au moment du coup. En sorte que, par un de ces hasards, du reste assez fréquens, la balle du marquis avait rencontré le diamant que Raoul portait à sa bague. La balle s'était amortie contre cet obstacle. Mais la commotion avait écrasé le diamant dans le chaton, et enfoncé dans la chair du doigt jusqu'à l'os fortement ébranlé, l'épais anneau d'or.

La bague fut retirée, et la main enveloppée dans un mouchoir pour étancher le sang.

— Un peu de repos vous est-il nécessaire? demanda le commandeur à Raoul de Marescreux.

— Non, monsieur, répondit Raoul, je suis à vos ordres.

Le commandeur avait déjà serré la main à son frère, en ne lui disant que ces mots : C'est bien ! Il ajouta tout bas : Maintenez-vous ainsi jusqu'à la fin, car ce sera peut-être à recommencer.

Chargés de nouveau, les pistolets furent remis, l'un à Raoul, l'autre au commandeur.

Les deux adversaires allaient se séparer pour se placer à la distance d'où ils devaient marcher l'un sur l'autre, lorsque le commandeur dit à Raoul : Monsieur, j'ai deux mots à vous confier.

Tous les témoins s'éloignèrent de quelques pas.

— L'un de nous, dit le commandeur, aura assurément paru devant Dieu avant que ce soleil qui se couche soit descendu sous l'horizon. Peut-être y aurons-nous paru tous les deux. Cette minute est grave. Vous êtes soldat ; je l'ai été, continua le commandeur. Parlons-nous sans détour. Il m'est venu un doute depuis que nous sommes sur ce terrain : il n'est pas possible que vous ayez agi sans motif en outrageant, comme vous l'avez fait, la marquise de Courtenay. La connaissiez-vous? Aviez-vous à vous plaindre d'elle? Je vous adresserai une demande qui abrégera un entretien embarrassant pour vous, Monsieur, pour moi, pour ceux dont nous sommes entourés; votre âge me la permet, et le moment où nous sommes la rend moins blessante pour l'honneur d'une personne qui, d'ailleurs, ne saura jamais qu'elle a été faite. Entre elle et vous, Monsieur, s'est-il établi des rapports d'intérêt ou des liens d'affection..... Avant de sortir de la vie, l'âme a des curiosités qu'elle a soif de satisfaire.

Raoul réfléchit un instant, puis il défit lentement deux boutons de sa tunique rouge; il glissa sa main le long de sa poitrine et sortit de sa poche de côté un portrait en miniature.

Il le remit au commandeur.

Ce portrait était celui de Casimire, celui

qu'il avait peint lui-même autrefois à Varsovie, et au bas duquel était écrit : *Offert par Casimire de Canilly à monsieur de Marescreux.*

Le commandeur rendit le portrait à Raoul de Marescreux.

— C'est bien votre nom, celui qui est écrit au dessous de ce portrait ?

— C'est bien mon nom, répondit l'adversaire du commandeur.

En s'éloignant pour vider le combat, le commandeur leva tristement les yeux au ciel, et il murmura :

— Oh ! mon Dieu ! je n'avais qu'une consolation en mourant, elle m'est enlevée. Elle ne m'aimait pas. Ce jeune homme a été aimé.

Raoul et le commandeur s'éloignèrent de quarante pas environ, et ils vinrent l'un sur l'autre avec une belle fermeté.

Les pauvres petits laitiers dormaient

toujours dans le buisson et la chèvre broutait
au bout de la corde qui la retenait à la main
de l'un d'eux.

On sentait que les deux adversaires s'esti-
maient à leur valeur; ils ne formaient qu'une
ligne qui se raccourcissait à vue d'œil. A dix
pas il ne s'étaient pas arrêtés, à cinq pas ils ne
s'arrêtèrent pas encore, à trois pas non plus.
Leurs pistolets s'appuyèrent enfin sur leur
cœur.

On entendit alors le petit cliquetis sinistre
des deux détentes; mais on n'entendit, chose
étrange, qu'une seule détonnation, et si faible
qu'on eût dit un tiers de charge poussant une
balle de liége. Cela ressembla au bruit mou
d'une pierre tombant dans la vase d'un ma-
rais.

Le commandeur bondit quatre pas en
arrière; puis son corps se ramassa en l'air
comme une boule, son menton heurtant ses

genoux; puis il s'affaissa, il s'étendit, il ne remua plus.

La balle avait troué la poitrine.

— Il est mort ! s'écrièrent les témoins.

Le pistolet du commandeur était encore chargé : le coup n'était pas parti.

— Monsieur votre frère est mort, allèrent dire au marquis de Courtenay les témoins du commandeur et les siens. Ne restez pas là, faites-vous ramener au plus vite par vos gens.

— Mon frère est mort ! s'écria le marquis, et une subite douleur lui arracha des cris du fond de l'âme. Mon frère est mort ! Commandeur ! commandeur ! criait le pauvre fou en secouant son frère, le relevant dans ses bras, armés en cet instant d'une force extraordinaire, en l'asseyant sur lui, car le marquis était couché à terre. Mais il est mort ! il est mort pour défendre mon honneur ! Il essuyait la mousse sanglante qui était montée aux lèvres du brave commandeur, imposant et beau dans la mort comme il l'était dans la vie. Oui, Messieurs, il est mort pour moi. Que vous avait-il fait? Que vous avons-nous fait, Monsieur, après tout, pour que vous veniez nous tuer ainsi? dit-il à Marescreux, à travers une tourmente de soupirs et de larmes, froissant un mouchoir ensanglanté dans ses mains. Oui, que vous avons-nous fait? qui êtes-vous? d'où sortez-vous? Je veux savoir qui vous êtes et pourquoi vous nous avez poursuivis, recherchés, insultés. Pourquoi avez-vous tué mon frère? dit le marquis, en prenant le pistolet du commandeur dans une main et tenant dans l'autre le collet de la tunique de Raoul.

Ce reproche si vrai, cette question si sensée qu'inspirait le désespoir au pauvre marquis, était la condamnation de l'arffeuse conduite des témoins qui, dans ces temps de criminelle frivolité et de faux point d'honneur, auraient cru eux-mêmes faire acte de lâcheté en essayant de pacifier un différend souvent futile, presque toujours arrangeable,

Raoul gardait le silence et se laissait secouer comme un arbre par le marquis.

— Mais vous ne répondez pas! répondez, vous dis-je, ou je vous décharge ce pistolet dans la tête.

On arrêta le bras du marquis de Courtenay.

Si vous ne voulez pas que je vous foule aux pieds, que je vous déchire, que je vous tue, oui, que je vous tue, continuait à dire le marquis de Courtenay, essayez donc de me tuer.

— Mon frère ! ajouta-t-il en abaissant les yeux sur le cadavre du commandeur : je vous entends encore, je sais ce que vous m'avez dit tout bas. Puis revenant à Marescreux, fort embarrassé de cette scène qui ne se prolongeait pas sans danger pour lui et pour les témoins

dans un endroit si près du château de Vincennes , toujours gardé par les gens du
roi.

— Monsieur de Marescreux, poursuivit le
marquis, dont l'haleine commençait à faiblir,
et qui ne parlait plus que par saccades forcées,
je prends ces messieurs à témoin que vous
êtes un lâche, que vous m'avez refusé un second combat. N'êtes-vous brave que lorsque
vous êtes sûr de tuer ?

Comme il était impossible de laisser plus
long-temps se continuer ces provocations et
ces injures au pied d'un cadavre, les amis du
marquis l'entraînèrent jusqu'à sa voiture ,
tandis que les jeunes officiers s'enfonçaient
d'un pas rapide dans une sombre allée du bois
avec Raoul de Marescreux.

La colère, le désespoir, la douleur du marquis avaient atteint, s'ils n'avaient dépassé, le terme de son énergie ; sa voix se tut, il tomba dans une sorte d'égarement sec ; mais, en s'abîmant dans une consternation stupide, il étouffa en lui le rayon d'extrême lucidité dont il avait été illuminé. Plus calme, il devint aussi tristement nul et débile qu'auparavant. Ainsi, dès qu'il fut dans la voiture, il mit la tête à la portière et il dit au cocher : Allez avec plus de précaution qu'en venant ; l'air est devenu plus vif ; la porcelaine et le verre sont sujets à se briser par ce temps-ci. Ne me cahotez pas.

Les petits laitiers cachés dans le buisson ne sortirent de leur sommeil que beaucoup plus tard. Quand ils s'éveillèrent, ils furent saisis d'effroi en voyant couché tout près d'eux un homme qui nageait dans le sang.

Ils allèrent vite dire au couvent de Saint-Maur ce qu'ils avaient vu.

Il était nuit quand les bons moines de cette maison vinrent prendre le corps du commandeur, qu'ils transportèrent sans bruit.

VIII.

S'il est une position effrayante, épouvantable, mortelle, surtout pour une femme, c'est
d'attendre les résultats d'un duel, et d'un duel
dont elle est la cause. Elle doit demander à
Dieu de la faire mourir pendant les heures de
cette attente.

Les heures ne se divisent plus pour elle en minutes, mais en siècles; et du repos nulle part. Son sang brûle; elle n'a qu'une pensée, et cette pensée lui serre le front; qu'un tableau scellé sous ses yeux : une figure blanche, deux yeux fermés, une poitrine tachée de sang. Cette figure est celle d'un frère, d'un fils, d'un ami.

C'est une horrible, horrible attente.

Il se fait une décomposition organique : le jour qu'on voit n'est pas le jour qu'on a l'habitude de voir, c'est une lumière fébrile; les bruits qu'on entend sont indistincts, ils ont le vague fluide de l'eau. Les sens se déplacent. On souffre et l'on sourit; on voudrait s'enfoncer stupidement dans la mort, suivant la sublime expression de Montaigne, et l'on court à la croisée, au grand air, au grand mouvement. Tandis qu'on souffre ainsi, il y a des gens ailleurs qui boivent du vin de Champagne.

Un valet entra dans le salon de la marquise de Courtenay, pendant que le vautour de l'attente lui déchiquetait le cœur, et il lui dit :

La compagnie attend madame la marquise dans la salle à manger. Le souper est servi.

— Quelle compagnie? quel souper? demanda la marquise.

— Madame la marquise a oublié que c'est aujourd'hui jeudi, jour de dîner et de réception?

— Quoi! on n'a pas contremandé les invitations?

— Madame n'en a rien dit.

— Et ces messieurs sont venus?

— Tout le monde attend. Il est cinq heures et demie. Le souper était pour cinq heures.

— Grand Dieu! que devenir, pensa la marquise. C'est bien, dit-elle au valet, je me rends à la salle à manger ; annoncez-moi.

Le valet se retira.

—Je n'aurai pas la force de me montrer, de parler, de répondre à tout ce monde, qui ne sait pas, qui ne doit pas savoir la cause de mon trouble, de mon anxiété. Il faut bien que je l'aie ce courage, ajoutait la marquise en semant des petites grappes de perle dans ses cheveux et en nouant convulsivement à ses bras des bracelets en topaze. Comme je suis pâle! mais allons. La marquise fit quelques pas, puis elle s'arrêta, interdite, pensive, balbutiant ces mots : L'un des deux est mort peut-être à présent. L'un des deux! mais lequel? Oh! mon Dieu! s'écria-t-elle en se frappant le front, ayez pitié de moi! Qu'est-ce que je vais dire à tous ces gens-là?

Dans l'intervalle qu'elle mit à se rendre du salon à la salle à manger, elle avait si bien disposé son visage, provoqué son teint, arrangé un sourire, que personne, lorsqu'elle entra, ne remarqua cette pâleur dont elle redoutait tant les interprétations. Elle eut même la présence d'esprit de trouver un motif à l'absence de son mari et du commandeur. Ils s'étaient rendus à Montlhéry pour traiter de l'achat d'une terre destinée à grossir le majorat du jeune Tristan.

L'excuse fut parfaitement acceptée, et l'on se mit à table.

La douleur de la marquise en s'asseyant au milieu de tous ces convives, hommes d'état, hommes de cour, hommes d'intrigues qui l'entouraient de leurs regards et attendaient comme une faveur qu'elle leur parlât, ne peut se comparer qu'à la douleur de son père quand on lui vissa les jambes entre deux planches de fer.

Ces convives étaient une partie brillante, mais assez mélangée, ce jour-là, de la grande société du temps.

Peut-être quelques uns méritent-ils d'être

peints sur place avec la rapidité et l'abandon de la fresque. A moins que l'œuvre ne soit de Raphaël, de Léonard de Vinci, il est rare en ce genre de peinture, que l'œuvre vaille le mur qu'elle couvre.

Nous les prendrons sans ordre, quoique certes ils ne fussent pas placés ainsi à la table de madame de Courtenay ; mais, outre que ce procédé nous est plus commode, nous imitons en cela la postérité, qui a un peu brouillé la hiérarchie dressée à l'époque.

Celui-ci est un célèbre juge au Châtelet. Toutes les causes délicates sont du ressort de la section qu'il préside. C'est le fléau des adultères. Il ne pardonne pas à Jésus-Christ qui leur a pardonné. On n'a rien à reprendre à sa sévérité, si ce n'est qu'elle s'arrête à sa personne comme certains fleuves s'arrêtent sur eux-mêmes en atteignant les limites salées de la mer. Il condamne les maris infidèles et les remplace auprès de leurs femmes.

Celui-ci est un autre juge; il est vieux. Un vieux juge! Il a rendu la justice sous la Minorité, sous Louis XIV et la Régence; il la rend maintenant sous Louis XV. Madame de Nivernais demandait un jour naïvement : Mais par où la rend-il ?

Celui-ci est encore un juge, mais au parlement. Il donne dans le bel esprit en plein. Il fait des calembours et des coqs-à-l'âne sur la question ordinaire et la question extraordinaire. Un pauvre diable qui avait contrefait une pièce de douze sous pour acheter du pain à ses enfans, était devant lui tout tremblant, espérant encore, malgré le sentiment de sa faute.

— Comment vous nommez-vous? lui demanda-t-il; puis, quel âge avez-vous? et enfin : combien pesez-vous? — Je n'en sais rien,

répondit le malheureux, à cette dernière question. — Eh bien? vous allez le savoir. Il le
condamna à être pendu. A la cour ceci passe
pour de l'esprit.

Cet homme petit, inquiet, frétillant et mai-
gre, placé au bas bout de la table, est un
ambassadeur du Nord. Il méritait d'être flétri
pour ses prévarications et ses dilapidations ;
sa peine a été commuée en une ambassade.
Comme il est en disgrâce, il a beaucoup d'ennemis ; mais, comme il ne peut manquer de
ressaisir le pouvoir, ses ennemis le lèchent en
le mordant ; ils nient son talent qui est réel,
sa parole qui est vive et adroite, mais ils lui
reconnaissent une grande probité. C'est précisément la probité qu'ils devraient lui dénier.
Quand il entra en fonctions, il n'avait pas payé
son tailleur depuis douze ans, et il a aujour-
d'hui hôtel, chevaux, maison de campagne.
Comment cela? Au reste, ses ennemis se

trompent en employant cette flatterie. Elle ne leur réussira pas. Un homme d'état aime cent fois mieux qu'on dise de lui : Il est le plus spirituel voleur que l'on connaisse, que : Il est le plus vertueux imbécile qu'on ait jamais vu.

Regardez à côté de lui, cette figure rubiconde, arrosée de Chablis et de Pomard ; regardez-la tandis que je vais vous rappeler un court apologue : Assailli par la tempête, un bâtiment s'échoua un jour sur une plage déserte. Une multitude de passagers d'origine différente furent jetés à la côte. Ces nouveaux Robinsons projetèrent de fonder une colonie. Dès ce moment le désordre se mit parmi eux. Par quoi commencer une ville? Chacun avançait une opinion, défendait un système. Les uns soutenaient qu'on devait inaugurer une ville par tel monument, d'autres faisaient prévaloir une construction plus utile. La discussion se changea bientôt en personnalités. Le sage de la troupe proposa de laisser à chacun le droit de se construire le monument qui lui plairait. Le conseil fut écouté; mais qu'arriva-t-il? Ceci.

Le monument que les Espagnols fondèrent fut une église, les Anglais construisirent une manufacture et les Français une salle de spectacle.

Le plaisir est donc la première pensée des Français.

Celui qui leur apporte un nouveau plaisir est sûr d'être le roi de l'époque. Tout lui vient, l'argent, le succès, le crédit, même l'esprit. D'abord financier comme Fouquet, dont il n'a pas su imiter même la laideur, l'homme fleuri et gras que je vous ai désigné avait conquis cette royauté-là. Que n'a-t-il su la conserver? Mais il a voulu trancher du personnage, figurer à la cour, avoir ses entrées au conseil. Il a acheté une charge éminente, lui! Qu'est-il arrivé? Depuis ce moment, les grands, qui l'affectionnaient beaucoup à cause de ses dîners, ne lui parlent plus. Traité autrefois selon ses ragoûts, il est considéré maintenant selon son rang. « Je n'aurais jamais supposé, » dit un jour le jeune roi en s'exprimant sur le compte de cette espèce d'intendant des menus plaisirs, « qu'il eût le vin aussi parlementaire. »

Près de lui est le premier écrivain, et c'est un grand écrivain, qui ait créé à son usage de petits livres à la faveur desquels il s'est mis en relation avec ses amis et ses ennemis sans l'interposition d'un libraire. Chaque mois il dit à l'Europe, à la France et à domicile ce qu'il pense des gouvernemens, de la littérature et des mœurs. La tentative est aussi neuve que hardie. Il est original de se créer la faculté de prendre un gouvernement au collet, de saisir un mauvais ministre par les cheveux et de lui secouer la tête jusqu'à ce que ses dents et

ses yeux tombent à terre comme des boutons ;
il est consolant d'avoir dans sa vie un jour où
l'on puisse aller chercher un vieil agresseur de
dix ans, le scalper de la tête aux pieds, et
dire ensuite au public : « Voilà la longueur et
l'épaisseur de la peau de Monsieur. » Il est ré-
jouissant d'écraser sous sa botte ceux qui vous
ont barré le chemin, de casser sur le genou
le sceptre de tous les Midas qui vous ont agacé
avec le poil de leurs oreilles, et de leur enfoncer une à une dans le cœur autant d'aiguilles
qu'ils vous ont fait pousser de cheveux blancs.
Cela est bien ; mais il ne faut pas que l'écrivain se crée la nécessité d'attaquer tous les
noms par ordre de vengeance. Les antropo-
phages à l'heure sont ridicules. Il ne faut pas
qu'il laisse circuler dans le monde qu'il cherche la sauce à laquelle il mangera les oreilles
de tels ou tels ; ces mangés-là pourraient un
jour, comme la peau de je ne sais plus quels

bœufs mythologiques, se mettre, quoique mangés, à crier bien fort.

Le beau côté de ces petits livres, lorsqu'ils sont spirituels, c'est la franchise. On sait avec eux à quoi s'en tenir. L'auteur brise un carreau et se met à la croisée sur votre vie. On n'a pas affaire à un imbécile qui vous poisse de calomnies allégoriques ; qui, à l'abri, derrière un mur de périphrases, se donne les airs d'un audacieux agresseur lorsqu'il a la peur dans le ventre, et calcule combien chaque expression le rapproche ou l'éloigne du bois de Vincennes.

Cette longue rangée d'hommes offre une bizarre analogie avec des créatures qu'on est convenu de regarder comme moins intelligentes parce qu'elles ne font usage ni de perruques ni de pantalons. Le hasard a réuni ici les premiers, comme la science range et classe les autres dans nos ménageries.

Voilà l'éléphant politique, catégorie des financiers. Tête lourde, pieds trapus, œil gros et fatigué, bouche énorme.

Voilà le bœuf politique; ce qu'on appelle un travailleur dans les ministères. En général il est sale, négligé, distrait, crotté de tabac usqu'au menton. Il se lève avant le jour, pour ruminer plus long-temps, et se couche avec le soleil. Heureusement que pour sa femme il n'est pas le soleil.

Voilà le renard politique. Voyez son museau, qu'il est fin! Voyez ses membres, comme ils sont souples! Voyez ses mains, comme elles sont griffes. Quel beau type nous offre celui que nous avons sous les yeux! Avant d'être nommé gouverneur de la province d'Aunis il passait pour le plus joyeux, pour le plus pentagruélique compagnon de Paris. Comme il mangeait! comme il buvait! Il bu-

vait tout : le vin, la bouteille, le tonneau, le
tavernier, et il rendait tout cela en monnaie
de singe, c'est-à-dire en payant de sa folle
gaieté et de son esprit grimacier ce que les
autres payaient avec de l'or. Il joua, en employant l'ivresse, le rôle de Brutus à Rome, et
de Lorenzino à Florence, qui prirent, comme
on sait, l'un le masque de l'imbécillité, l'autre
celui de la folie. Il était si aimable qu'on pouvait sans conséquence le nommer d'abord
petit receveur des tailles, plus tard collec-
teur-général, et enfin gouverneur, grades
successifs auxquels il est arrivé en dansant sur
les mains comme Paillasse. Mais une fois gouverneur, il est retombé sur ses pieds, et le
renard est devenu grave. Il a pris une femme
très riche ; il reçoit à deux battans, et le pro-
digue de l'argent des autres est devenu ladre,
fesse-mathieu. Qu'on le juge d'un trait entre
mille. Pauvre, il allait, après ses orgies, jeter

dans le jardin d'un de ses vieux parens les goulots de toutes les bouteilles de vin qu'il avait bues, afin de voir si un jour ces goulots n'auraient pas fait germer des bouteilles. Qu'a-t-il fait de ce jardin depuis qu'il en a hérité? Il y a semé des panais et des salades. Il fait des essais agronomiques sur les carottes. Que tu étais bien plus spirituel quand tu semais des goulots, tu récoltais au moins de l'esprit. Et elle en est si rare la graine!

Voilà le singe politique. Il a toujours besoin d'imiter la grimace de quelqu'un et de lui sauter sur l'épaule, sans cela il ne vivrait pas, il ne serait plus singe. Il est amusant, il est gai, on se l'arrache dans les salons, on se le passe de main en main. Malheureusement ses prospérités finissent toujours par un coup qu'il reçoit à un endroit tout-à-fait opposé à celui où son maître a reçu le sien.

Voilà a mouche politique. Ses transformations sont curieuses. On ne sait pas trop son origine. Il est venu au monde avec deux ou trois croix d'un ordre mythologique créé par Jupiter après la chute des Titans.

Il a été page, secrétaire au delà du Rhin.

Il s'est poussé par les femmes, par les vieilles surtout.

Il versifie un peu, il joue un peu, il cause un peu.

Avec tous ces peu réunis il s'est fait des ailes, il a été moucheron, première époque.

A trente ans il a changé la direction de son vol. Il allait autrefois dans les boudoirs, plongeait ses pattes dans les parfums; cet âge venu, il a bourdonné dans les antichambres, et posé sur le bureau des ministres, il a plongé sa trompe dans l'encre. On l'a vu écrire la correspondance des grands seigneurs, rédiger des mémoires, corriger des discours, relever l'orthographe et la ponctuation de ses protec-

teurs, être employé dans certaines missions
délicates. Cela lui a rapporté une croix de plus,
quatre rides de plus et beaucoup de cheveux
blancs, car les gris n'existent pas. Il est passé
mouche de cour de moucheron qu'il était
jadis, seconde transformation.

A soixante ans, connaissant le monde
comme les pavés de sa rue, il s'est fait enfin
une position ambiguë. Il a acquis à un degré
supérieur toutes les qualités secondaires de
l'homme de cour. Il a la science du passé, la
discrétion d'un geôlier, l'ambition rentrée
d'un personnage déchu; il sert avec fidélité des
protecteurs qu'il déteste. On le reçoit parce
qu'il s'impose; il fait autorité parce qu'il a
lavé le singe sale de l'histoire pendant quarante
ans. On le laisse parler parce qu'il raconte avec
l'esprit d'un fait et la précision d'un chiffre,
et qu'il est d'ailleurs moins dangereux de l'é-
couter que de s'en faire écouter. En un mot,

la mouche s'appelle aujourd'hui mouchard ;
dernière métamorphose, du gracieux moucheron d'autrefois.

Voilà le mouton politique ; il porte sur son
visage l'air crédule et bon de l'animal auquel
il a acquis le droit d'être comparé. Il pue la
bonté ; il croit à la récompense due au mérite,
au zèle, à la patience et à la vertu. Il a pris à
la lettre une foule de proverbes qui ont cours
dans le monde ; il y croit et se repose en paix
sur leur prochaine réalisation. Ainsi, il croit
que *le vrai talent tôt ou tard se fait jour;* —
que *la vertu ici-bas trouve sa récompense ;* —
que *la modestie est la compagne du vrai talent;*
— que *si la probité était exilée de la terre,
c'est dans les cœurs des rois qu'on la retrouverait.* — Il croit *aux ministres éclairés.* — Il
se dit avec confiance que *le temps découvre la
vérité.* — C'est en s'appuyant sur ces belles
maximes qu'il est arrivé à soixante ans sans

avoir obtenu le moindre emploi, la plus lé-
gère indemnité. Il n'est plus même bon à
être mangé.

Voilà le paon politique. Quel beau plumage!
Sa race se perd dans la nuit des temps, et
c'est pour cette raison qu'il serait assez diffi-
cile d'en déterminer l'origine. Deux familles
portent le même nom que lui; mais l'une des
deux est plus vieille que l'autre, et cette dernière doit sa célébrité à un traître. « A laquelle
des deux appartenez-vous? lui demanda-t-on.
— A la bonne! parbleu! répondit-il, à la plus
vieille. » Le fait est qu'il se flatte : son père
était un oison d'honnète homme. Pour peu
qu'on le presse, il avouera qu'un de ses
aïeux était bâtard d'un Valois.

Voilà la pie politique. Son instinct est de
voler. C'est un homme d'un grand nom,
spirituel, élégant, fier, digne des plus hauts
emplois; mais la manie de voler l'a réduit, à

trente ans, qui est son âge, au rôle obscur et méprisable d'homme dont on se défie. Il a escroqué son avenir. Il est né voleur. La vue d'une pièce d'or l'enivre. Il vole ses fournisseurs, — voler les voleurs! — ses domestiques, ses employés; ses créanciers l'ont mis à la porte de chez eux. Si le roi l'eût jamais nommé ministre, il eût volé la montre du roi, les boucles d'oreilles de la reine et les mouchoirs des princesses. Et s'il eût été roi, au lieu de *faire le mouchoir*, *il ferait la couronne*.

Voilà l'oison politique. Il pleure sur les malheurs des augustes potentats. Il croit que le roi de Portugal est dans le besoin, et il lui ferait volontiers passer des secours. Il suit avec anxiété tous les phénomènes de la grossesse de la reine de Madagascar. Quand on tire le canon pour annoncer la délivrance d'une princesse, il s'arrête et il compte les coups. Si c'est un garçon, il court embrasser sa cuisinière, et il lui dit en pleurant : « Nous avons un fils ! » Il prend le deuil pour huit jours, s'il apprend la mort d'un pacha. Quand le temps est sombre, il pleure sur la captivité du roi Jean et l'assassinat d'Henri IV.

Voilà le rossignol politique. Jamais une plus belle voix ne s'est élevée sous le ciel depuis les grands chantres de l'antiquité. Orphée attendrit les tigres, il a fait plus qu'Orphée, il a vendu ses poésies. Il n'est pas prouvé qu'Orphée ait eu trente éditions de suite. A force de voler de la terre au ciel, du fleuve au lac, de la montagne à la plaine, il est tombé un jour dans une assemblée politique dont un carreau était brisé. Depuis huit ou dix ans, il se cogne aux murs de cette odieuse volière, et vient brûler ses ailes aux flambeaux. Il faut qu'il ait commis quelque grand crime : pour l'en punir, les dieux l'ont changé en orateur.

Voilà la tortue politique. Tout passe devant elle et sur elle, elle ne se décourage pas, elle ne se détourne jamais. Je veux être un jour au dessus de tout le monde à la cour, dit une d'elles à ses rivaux qui marchaient sur son écaille et la laissaient de bien loin en arrière. Toi!—Moi-même. Mais en un an tu ne fais pas une de nos enjambées. Dix ans, vingt ans s'écoulèrent, et la tortue politique avait peu avancé. Au bout d'un siècle elle était à peine sur la dernière marche du palais. Cependant on finit par ne plus entendre parler d'elle ; on la croyait écrasée. Qu'est-elle donc devenue cette ambitieuse? se dirent les plus vieux courtisans parmi les petits-fils de ceux qui l'avaient autrefois narguée. Elle a donc disparu? Elle est morte dans sa coquille; elle qui devait occuper la première place au dessus de tout le monde. Vous vous trompez, répondit une voix qui partait du sommet de la tête de la souveraine;

je suis devenue le peigne de sa majesté, je touche à la couronne.

La marquise était arrivée au dernier effort de l'énergie humaine, lorsque la porte du salon s'ouvrit; son mari entrait. Elle attendit un instant pour voir s'il était suivi du commandeur

Personne ne suivait.

Elle s'élance sur le marquis, qu'elle entraîne hors du salon.

— Votre frère? votre frère? Il est mort, n'est-ce pas?...

IX.

La figure de la marquise, en disant cela,
prit une si extraordinaire expression d'épou-
vante, que le marquis eut peur de lui apprendre la vérité.

—Mon frère!... mon frère est en fuite,
bégaya-t-il.

— Ah!... il n'est pas mort, dit la marquise en respirant; il n'est pas mort! Vous comprenez, monsieur, la crainte que j'ai éprouvée en vous voyant revenir seul ; mes appréhensions... Vous avez été si long, si long à revenir... Ah! il est en fuite !... Mais vous, s'interrompit la marquise, qui se ravisait un peu tard; mais vous, monsieur le marquis, vous ne me dites pas ce qui vous est arrivé.

— La balle de mon adversaire a sillonné ma poitrine.

— Vous avez été blessé?

— Fêle peut-être, étant de porcelaine, comme vous savez.

— Il faut rentrer dans vos appartemens, dit la marquise, anéantie par ces mille secousses, arrachée un instant par un mensonge, à la plus cruelle des certitudes ; oui, vous allez vous retirer. On va courir chez votre médecin.

La marquise donna un ordre.

— Vous disiez que votre frère était en fuite, et vous savez sans doute où il est allé.

— Non, dit le marquis, se souvenant à peine du mensonge qu'il venait de faire à sa femme, mais qui n'osait pas cependant se rétracter. Il eut assez de raison, quoique très affaibli par les événemens de la journée, pour comprendre qu'il devait corriger le plus possible la fausseté de ses paroles, avant de les nier complétement.

— Il n'est pas mort, reprit-il, mais il doit passer quelque temps pour mort, afin d'échapper aux poursuites de la police. Ainsi, pour nous il est mort.

— Oui, vous avez raison, monsieur le marquis. Mais si on le poursuit, reprit à son tour la marquise, pourquoi seriez-vous plus que lui à l'abri des recherches, vous qui ne vous cachez pas ?

Le marquis ne sut que répondre.

Un instant le premier frisson ressenti par sa femme gela de nouveau le sang dans ses veines.

— Vous me questionnez beaucoup, je suis si fatigué... si fatigué...

— C'est qu'il faudrait que vous vous cachassiez alors, redit la marquise impitoyablement. Je dois vous faire ces questions, m'inquiéter pour vous.

— Sans doute, sans doute, répliqua le marquis de Courtenay, sans avoir la plus faible conscience de ses réponses; mais je ne crains rien, moi, absolument rien. Quand nous avons vu venir la maréchaussée, nous sommes tous montés en voiture, excepté mon frère, le commandeur.

— Et vous l'avez laissé! Pourquoi ne l'avoir pas attendu?

— C'est que mon frère n'a pas pu nous

suivre ; il était blessé, très grièvement blessé...
Je suis bien fatigué, madame la marquise.

— Blessé ! s'écria celle-ci en prenant le
bras de son mari, qu'elle appuya sur le sien
comme avec l'intention officieuse de l'accompagner jusqu'à son appartement. Blessé grièvement ! vous ne m'avez donc pas tout dit ?

— J'allais vous l'apprendre !... je croyais
même vous l'avoir dit... Mais où me condui-
sez-vous ?

— Chez vous, dans vos appartemens.

— Mais c'est le salon.

— Excusez-moi ; mais cette journée, cette
journée m'a tellement troublée.... Pourtant,
si votre frère était blessé, reprit la marquise,
il aura été pris, arrêté. Il est cruel, il est
inconcevable, il est lâche de l'avoir laissé
ains

Le marquis se tut encore.

— Oh ! il ne me dit pas la vérité ; il ne me

la dit pas! pensa amèrement la marquise.
Est-il blessé, est-il pris, est-il mort? Qu'y
a-t-il de vrai dans tout cela? qu'y a-t-il de
faux? Mais je vous demande, dit-elle d'un ton
suppliant au marquis, au milieu de l'escalier
qui conduisait à son appartement, comment
votre frère aura-t-il pu échapper à la maréchaussée puisqu'il était blessé?

— C'est que nous l'avons vu, répondit enfin
le pauvre marquis, se diriger vers le couvent
de Saint-Maur, et il y sera arrivé à travers le
taillis, bien avant que les soldats n'aient occupé le terrain où le combat venait d'avoir
lieu.

— Mais vous me disiez tantôt que vous ne
saviez de quel côté le commandeur avait pris
la fuite.

— Je vous ai dit cela.... mon Dieu! mes
idées sont si confuses...

— Il me ment! oh! il me ment! pensa-t-elle. Que je sache au moins la vérité, monsieur le marquis! Où est votre frère? qu'est-il devenu? que lui est-il arrivé?

Quand elle adressa cette question au marquis, ils étaient parvenus au premier étage. A la porte de son appartement, le marquis, essoufflé de fatigue, s'assit sans mot dire sur la dernière marche, la tête pressée entre ses mains.

Ce silence signifie, pensa la marquise, que le commandeur est réellement en fuite. Le marquis voulait me cacher qu'il s'était réfugié au couvent de Saint-Maur : le lieu de sa retraite lui est échappé. Il est fâché de me l'avoir fait connaître; il se repent de son indiscrétion, il a peur de la mienne.

— Allons, dit la marquise en le relevant, rassurez-vous; j'ai tout deviné. Je sais tout.

— Puisque vous avez tout deviné, reprit le marquis en entrant dans sa chambre, la dé-

solation sur tous les traits, pleurons ensemble
la mort d'un frère si bon, si généreux, si
noble. Oui, le commandeur de Courtenay est
mort.

Maintenant j'en suis certaine, réfléchit la
marquise : le commandeur, dont le marquis
voulait me taire la retraite, est caché à Saint-
Maur.

Le médecin, appelé, entrait dans l'appartement du marquis.

La marquise courut s'enfermer dans le sien,
laissant la société du salon s'écouler peu à peu.

Il était près de minuit.

Rentrée chez elle, elle sonna et dit au domestique qui parut :

— Dites à Marine de venir; je l'attends.

Non, je ne puis vivre ainsi jusqu'à demain,
se dit-elle, demain je serais folle. Il est blessé,
il est caché; le marquis ne m'a pas dit où il
avait été blessé. Est-il vrai qu'il soit caché au

couvent de Saint-Maur? que croire? que faire?
Oh ! s'il avait été tué ! comme a fini par le dire
le marquis. Tué ! ce n'est pas possible ? pourquoi ne serait-ce pas possible ? Que d'obscurité
dans ce que j'ai appris. Cette obscurité me
rassure ; mais je n'ai peut-être pas assez interrogé le marquis ? Pouvais-je le questionner
davantage ? fallait-il lui dire : « la vie de votre
» frère est ma vie ; s'il est mort, je mourrai :
» parlez : parlez! dites! est-il mort ? »

Marine entra ; l'expression de son visage
disait assez qu'elle n'ignorait pas la funeste
nouvelle répandue déjà dans toute la maison.

— Ah! te voilà, Marine !

— Ma fille, je serais déjà montée te voir si
je n'avais craint d'augmenter ton gros chagrin.
Je n'ai pas le cœur content aussi... va...

— Tu m'aimes ?

— Demande-moi plutôt si la Seine passe à
Saint-Cloud.

— Tu n'as pas peur ?

— Peur ! et de quoi ?

— Tu connais Vincennes ?

— Oui.

— Es-tu allée quelquefois à Saint-Maur ?

— Jamais.

— Alors, c'est impossible.

— Mais, explique-toi, que je sache ce que tu veux.

— C'est impossible, répéta la marquise ; il fait si froid, si noir, et puis c'est si loin. Elle alla à la fenêtre, écarta les rideaux ! Quel temps ! s'écria-t-elle.

— Mais, ma fille, encore une fois, dis-moi ce que tu veux. Je me jetterais au feu pour toi, tu le sais.

— Eh bien ! il faut sortir à l'instant, tout de suite ; il est plus de minuit. Mais je risque ta vie, chère Marine. N'y consens pas, je t'en prie, refuse. Non ! tu ne peux pas sortir, non !

— Si fait! je sortirai ; je m'envelopperai dans mon manteau. Dans l'obscurité, on me prendra pour un homme. Est-ce que je crains un homme, moi? Voyons, vite, où faut-il aller? J'y serais déjà.

— Ne te l'ai-je pas dit?

— Pas encore, ma pauvre enfant. Mais tu me désoles, tu t'embrouilles comme un écheveau dans ce que tu as à me dire.

— Eh bien! Marine, tu vas sortir par la petite porte de l'hôtel; personne ne te verra. Tu iras à pied jusqu'à Saint-Maur : c'est au milieu du bois de Vincennes. Tu te présenteras au couvent des Bénédictins. Tu sonneras ; à toute heure, ces bons pères ouvrent leur porte.

— Et puis, demanda Marine, que ferai-je?

— Tu sais ce qui est arrivé au commandeur?

A ce nom, Marine se mit à fondre en larmes, après avoir retenu jusque-là la douleur qui enfin se faisait jour.

— Je sais, je sais....., murmura la bonne créature, que le pauvre commandeur a été tué. Ils l'ont tué! lui, si bon ; oh! je ne comprends plus rien au bon Dieu !

— Marine! Marine! dit la marquise, le commandeur n'est pas mort. On a fait courir ce bruit, j'en ai la certitude, afin que les gens du roi ne le recherchent pas.

Marine regarda avidement la marquise afin de s'assurer qu'elle n'avait pas perdu la raison en lui parlant ainsi, à elle, Marine, qui avait entendu ce qu'avaient dit le marquis au retour du duel et les témoins du marquis et ceux du commandeur, trop bien d'accord entre eux sur la manière dont le commandeur avait été tué par Raoul de Marescreux.

— Non! te dis-je, il n'est pas mort. Il s'est retiré au couvent de Saint-Maur. C'est un se-

cret, un grand secret que je te confie, un secret que j'ai arraché moi-même au marquis il
n'y a qu'un instant.

— Pauvre petite! pensa Marine, qui n'eut
pas seulement le courage de paraître au moins
surprise de cette nouvelle, dont elle savait la
déplorable fausseté.

— Voilà ce que j'attends de toi, ma bonne
Marine.

— Parle.

— Tu vas te rendre au couvent de Saint-
Maur; et tu demanderas à être introduite auprès du commandeur, à qui tu remettras ceci.

— Oh! mon Dieu! pensa Marine; elle croit
à sa folie. La douleur l'a rendue folle. Elle est
folle.

— Mais le commandeur est mort! ma fille!

— Je te dis que non, moi!

Marine baissa la tête pour cacher les nouvelles larmes qu'elle sentait lui venir aux yeux.

Elle comprit qu'il fallait tromper la marquise.

— Oui, dit-elle tristement, je dirai ce que tu voudras, je le verrai, je lui remettrai... Mais quoi ? demanda Marine. Tu ne me donnes rien. J'attends...

— Je perds la tête, en effet... tu as raison. Tiens ! dit la marquise en posant convulsivement sa main sur une feuille de papier, tiens ! Marine, voici ce que tu remettras au commandeur. La marquise n'écrivait pas. Elle parlait, elle tremblait. Tu lui remettras ceci. Ecoute, voilà ce que je lui écris. Enfin, elle avait écrit ceci :

« *Si vous vivez, un signe qui me l'apprenne; si vous êtes mort...* »

— Mais s'il est mort... s'écria douloureusement Marine, que veux-tu...

— Ah ! oui, dit la marquise, et elle effaça ce qu'il y avait après ces mots, qu'elle laissa : *si vous êtes mort...* Elle ajouta seulement:

toute à vous, Casimire. Porte ce billet au couvent de Saint-Maur, et reviens. Je ne me cou-
cherai pas, je t'attendrai. Va! bonne Marine!
dit la marquise en jetant ses deux bras au cou
de Marine; tu me rends là un service...

Et la paysanne et la grande dame mêlèrent
leurs pleurs comme une mère et une fille le
feraient dans un danger commun. Mais si la
marquise pleura, c'était d'amour, c'était de
doute, d'effroi, c'était de douleur; Marine,
c'était nettement de désespoir. Elle avait pleuré
sur le commandeur, maintenant elle pleurait
sur la marquise.

Marine sortit sans bruit de l'hôtel; elle s'en-
fonça courageusement dans les humides ténèbres qui emplissaient les rues de Paris et s'é-
tendaient sur la campagne.

Z.

Il faut des années pour se faire à Paris un grand nom, soit par l'éclat de la gloire, soit par le mérite de la vertu ; il suffit d'une minute pour le perdre. On dirait que c'est une plaine muette sans écho lorsqu'on y laisse tomber une belle action et une voûte sonore quand on lui confie une faute.

Il n'y avait pas quatre heures que le duel de Raoul de Marescreux avec le marquis et le commandeur de Courtenay avait eu lieu qu'il était déjà l'aliment des conversations de tout Paris ; gâteau de miel et d'amandes pour les gourmets de scandale. On s'en occupait à la cour, on en parlait au théâtre. Dans ces deux centres de l'opinion, l'événement prit un caractère singulier. Les interprétations flamboyèrent. Chacun expliquait à sa manière les causes de cette collision commencée par un soufflet, terminée par la mort d'un jeune homme aussi élevé par sa naissance que regrettable à cause de ses nobles qualités personnelles. Même les plus réservés dans leurs suppositions ne se contentaient pas des apparences ; ils n'admettaient pas sans hésitation que l'aggresseur n'avait pu écouter qu'une cruelle fantaisie en fondant un duel sur un outrage adressé à une femme qui lui était inconnue. Ils ne savaient pas tout, disaient-ils.

Les autres, les plus nombreux, les plus jeunes, les plus passionnés, et par conséquent les plus bruyans, s'accordaient sur un point, et pour eux c'était le plus important. Ce Raoul de Marescreux, si près un instant de passer pour le Jupiter olympien des poltrons, était maintenant un héros de bravoure, un duelliste superfin, la fleur des duellistes. Tout à coup, il se trouva des gens pour lui dresser des états de service à émerveiller la curiosité haletante des salons. Bordeaux, Toulouse, Rennes saignaient encore, à les en croire, des rencontres brillantes qu'il avait eues, soit à l'épée, arme dont le maniement lui était aussi familier que celui de ses doigts, soit au pistolet. Il touchait le but à toutes les distances ; sang-froid, agilité, adresse, il avait tout. Combien de jeunes officiers avaient déjà payé de leur vie la folle audace de se mesurer avec lui.

Sa vie, du reste, offrait du merveilleux. Il paraissait un jour dans une ville, le lendemain il la quittait, se moquant des poursuites des gens du roi et des arrêts du parlement contre les duellistes. Il était, ajoutait-on, aussi séduisant dans un boudoir que brave sur le terrain, et aussi heureux avec les dames que contre les hommes.

La bravoure du dragon rouge n'était donc plus une question pour aucun des jeunes seigneurs, si bons juges de la matière : mais ils différaient d'opinion sur la cause positive qu'il convenait d'assigner à son dernier duel.

Les avis étaient partagés.

Les uns soutenaient qu'il avait offert ses tendres hommages à la belle marquise de Courtenay, et qu'elle ne les avait pas écoutés ; les autres, qu'elle les avait accueillis pendant un temps dont un nouvel amour aurait limité la durée. Bref; le dragon rouge, plus vif qu'expérimenté, aurait voulu se venger d'une infidélité ouvertement constatée. Mais pourquoi les effets de sa vengeance s'étaient-ils portés de préférence sur le commandeur? Ici les deux moitiés de la jeunesse se rencontraient et s'unissaient d'opinion, pour convenir que la marquise aimait son beau-frère, le commandeur de Courtenay. Ils en avaient pour preuve le fait divulgué par les témoins du duel et déjà propagé de bouche en bouche. Ceux-ci avaient raconté que, sur le terrain, le commandeur et le dragon rouge avaient eu, avant de se battre, une explication confidentielle. Dans cet échange de paroles assurément fort graves, le dragon avait montré au commandeur un portrait qui était, il ne faut pas en douter, celui d'une femme. C'était après cet entretien, si significatif entre deux jeunes gens, si important pour le commandeur, que celui-ci avait relevé son arme, et s'était abandonné, avec une résignation visiblement écrite sur tous ses traits, aux chances d'un combat dont son adversaire devait sortir vainqueur.

Ainsi, ceux qui admettaient deux faiblesses chez la marquise de Courtenay, et ceux qui ne lui en attribuaient qu'une seule étaient d'accord pour la regarder comme la cause d'une rivalité terrible, marquée par le sang d'un brave gentilhomme. Elle était classée. Il n'était plus question de sa réputation de vertu si prônée dans le monde, si volontiers offerte en exemple aux autres femmes. Sa vertu était remontée dans les nuages avec l'âme du commandeur mort pour elle, selon les uns, trahi par elle, selon les autres. Il se chanta un *Te Deum* de joie et de raillerie au fond de l'âme de ses rivales. On allait cesser enfin de leur opposer comme un modèle de sage retenue une femme dont la supériorité ne les écrasait déjà que trop. On se débarrassait d'abord de la sainte ; la femme supérieure aurait son tour. En une soirée, fut donc consommé le sacrifice d'une renommée éblouissante, importune, lentement acquise, la seule jusqu'ici sans tache et sans ombre.

Que faisait pendant ce temps la marquise de Courtenay ? Elle attendait le retour de Marine, comptant les minutes auprès de son foyer éteint, se levant à chaque instant pour voir si le jour venait, ce jour qui ne vient pas, dans l'affreuse saison où l'on était ; et puis elle retombait sur son fauteuil les yeux mornes, les membres transis, le cœur noyé de tristesse.

Enfin, cinq heures sonnèrent, Marine entra.

— Eh bien ! Marine ?

— Ah ! ma pauvre fille, lui dit Marine, tu ne savais donc pas que les femmes n'ont pas le droit d'entrer dans le couvent de Saint-Maur ?

—Quoi! tu n'es pas entrée, tu n'as rien vu, tu ne sais rien?

— Je suis entrée, oui, je suis entrée...

— Et puis?

— Je suis entrée, mais au parloir seulement.

— Au parloir, soit! répéta Casimire.

—Un moine est venu.

— Oui.

— Je lui ai dit : Je veux voir le commandeur de Courtunay.

— Après? après?

— Le seigneur soit avec vous, m'a-t-il répondu, mais je ne sais ce que vous voulez me dire.

— Et toi, qu'as-tu dit?

— Moi, je lui ai dit que j'avais cette lettre à lui remettre de la part de sa belle-sœur, madame la marquise de Courtenay.

— Qu'a-t-il répondu?

— Encore une fois, la personne que vous cherchez n'est pas ici.

— Mais où est-il donc alors? s'écria la marquise. Ensuite, ensuite?..

— Ensuite? les matines ont sonné, et le moine m'a quittée.

— Ainsi, rien! rien! Oh! mon Dieu! rien! dit la marquise une troisième fois, d'une manière sèche et poignante.

— Ma fille, voilà ta lettre, je te la rends... Voilà... Mais où est-elle ? Marine fouillait dans ses poches... C'est singulier !... elle était bien là ou là, dans celle-ci ou...; mais rien, ni dans l'une ni dans l'autre poche. Que veut dire?....

— Tu m'effraies! L'aurais-tu perdue! Perdue! Si on la trouvait! Cherche! mais cherche !

Marine eut beau chercher, la lettre ne se trouva pas.

— Oh! si elle tombe dans les mains de quelqu'un; si l'on y lit...

— Où puis-je l'avoir perdue, se disait Marine. L'ai-je reprise des mains du moine? Je ne puis me rappeler.... Je retourne à Saint-Maur...

Marine allait sortir, lorsqu'on frappa à la porte de la chambre. Elle ouvrit; c'était un domestique.

Par la porte entr'ouverte, il dit, avec la mauvaise humeur d'un homme dérangé dans son sommeil : Un homme, un paysan, je ne sais qui, veut voir Madame.

— Qu'il entre, dit la marquise.

L'homme entra.

— Madame la marquise de Courtenay? demanda-t-il.

— C'est moi.

— Vous n'êtes pas seule...

— Laisse-nous Marine.

Marine se retira.

— Prenez, Madame, dit le paysan, dès que Marine fut sortie : ceci est pour vous.

Le paysan sortit aussitôt.

C'était une lettre qu'il avait remise à la marquise, c'était celle qu'avait écrite la marquise elle-même, celle que Marine avait oubliée, ou croyait avoir oubliée au couvent de Saint-Maur.

La lettre avait été décachetée, recachetée ensuite.

La marquise brisa de nouveau le cachet.

Sous ces mots écrits de sa main : *Si vous vivez, un signe qui me l'apprenne*, il y avait une tache de sang faite avec un doigt. Le doigt avait trempé dans le sang et avait laissé son empreinte sur le papier.

— Ce sang est le sien ! Est-il vivant, est-il mort? Qui me l'apprendra? Oh ! je n'ai plus de force. Oh ! mon Dieu !

Et la tête perdue, elle ouvrit la porte qui donnait dans le cabinet où était Léonore.

Elle courut au lit de son enfant, qui dormait d'un doux et profond sommeil, et, la soulevant dans ses bras, elle l'enlaça, elle la dévora de caresses.

— Maman! qu'avez-vous! s'écria la jeune fille effrayée.

— Ma fille! tu ne veux donc pas que je t'embrasse? Oh! laisse-moi t'embrasser.

— Vous m'avez arrêtée au milieu d'un bien beau rêve, maman. Je me mariais avec mon oncle le commandeur.

— C'est qu'il est vivant alors! s'écria la marquise en serrant encore avec plus de violence contre son sein ému sa chère enfant. Dieu me le dit.

Elle imprima sur la bouche de sa fille un baiser dans lequel elle parut vouloir reprendre la vie que sa fille tenait d'elle.

Cette femme si forte avait pleuré pendant la nuit dans les bras de sa nourrice, et un rêve de sa fille, d'une enfant, lui suffisait pour la confirmer daus la pensée étrange, dans l'espoir extraordinaire que l'homme aimé d'elle, que chacun lui disait être mort, était vivant.

XI.

Le dragon avait quitté Paris, et personne ne sut où il était allé. C'était, du reste, dans ses habitudes de s'en aller ainsi sans bruit, à en croire la silhouette donnée de son caractère par le crayon de la renommée. Au bout de quelques jours, il eût été probablement oublié de tout le monde, s'il n'eût laissé derrière lui, non pas un mort seulement, ce qu'on oublie encore plus vite qu'un absent, mais la victime du drame dans lequel il avait été acteur et provocateur. Paris n'oublia pas la marquise de Courtenay ; elle avait, depuis long-temps, à se faire pardonner l'immense prospérité d'une position trop brillante.

De jolies petites dents et des griffes gantées de velours la déchiraient dans toutes ces ménageries dorées qu'on appelle par politesse salons, cercles, réunions. Du moment où elle avait eu une faiblesse, il était naturel de lui en prêter autant que la calomnie peut en contenir, et elle en contient beaucoup. On se disait que le dragon rouge s'était rendu à La Haye pour y publier l'histoire de ses amours avec la marquise de Courtenay. On souscrivait déjà sous le manteau ; on ajoutait que l'auteur avait eu le soin de placer une page blanche entre chaque page imprimée afin que le lecteur eût la facilité d'écrire ce qu'il savait de particulier sur le compte de la belle marquise. Le tout serait accompagné de gravures en taille-douce, ces sortes de livres affectionnant beaucoup les gravures en taille-douce.

Tandis que ces rumeurs grondaient autour de la marquise de Courtenay, elle ne se doutait pas seulement qu'elle en était l'objet; innocente tranquillité que ne manquent jamais de goûter ceux qu'on blasonne par derrière.

Dès le lendemain de la mort du commandeur, toute la maison avait pris le deuil. Cet honneur funèbre rendu à sa mémoire, avait produit une singulière impression sur la marquise, obligée de porter le deuil de celui qu'elle croyait encore en vie, qu'elle espérait revoir un jour.

Ce fut Marine qui se chargea de demander

au marquis pour quel motif lui seul se croyait dispensé de prendre le deuil dans sa maison.

— Comment, lui répondit le marquis, toi aussi, tu m'adresses cette question?

— Allons! quelque nouvelle lune, pensa Marine.

— Je te l'adresse, parce qu'il faut que quelqu'un te l'adresse.

— Regarde-moi, Marine.

— Plus je te regarde, plus je ne vois rien, marquis.

— Tu ne nieras pas que j'aie cessé d'être de porcelaine.

— Pour cela, non.

— Voilà déjà un aveu.

— Ne vois-tu rien autre?

— Ma foi, non.

— Quelle transformation ai-je subie?

— Nous y voilà, murmura Marine. Tu es

comme le bon Dieu t'a fait, et en vérité il aurait pu mieux faire, sans te fâcher.

— Tu commences donc à comprendre?

— Je comprends que, puisque Dieu t'a
donné une cervelle comme à tout le monde,
tu ferais bien de t'en servir. Y a-t-il du bon
sens à rester avec cet habit vert et cette culotte cerise quand tout le monde est en deuil
ici?

— Je suis cerise, dis-tu? Me serais-je
trompé? Mais non, tu ne m'as pas bien re-
gardé, Marine. J'ai des ailes depuis la mort de
mon malheureux frère. Regarde, je suis oiseau.

— Oiseau?

— Mais oui; cela durera plus ou moins.
Comment les trouves-tu ces ailes? que dis-tu
de mon bec?

— Allons! soit, tu es oiseau, répliqua Marine; qu'à cela ne tienne; ce n'est pas une

raison pour que tu ne prennes pas le deuil.

— Je suis éternellement en deuil, répondit le marquis. Tu ne veux donc pas voir que, passé oiseau, je suis devenu hibou? l'oiseau des ténèbres, le gardien des tombeaux. La douleur que m'a causée la mort de mon bien-aimé frère m'aura fait pousser des ailes. Ainsi tu vois que je suis plus en deuil que qui que ce soit dans l'hôtel, puisque j'ai revêtu le plumage du hibou.

— Tu me ferais damner avec tes billeve-sées, marquis.

—Marine, respecte mon affliction et la forme qu'elle a revêtue. Aie soin surtout que les chats ne m'approchent pas; ils mangeraient ton maître et le plus douloureusement affecté des frères.

Le marquis, ne voulant pas renoncer à se croire hibou, ne prit pas le deuil ; seulement il s'enferma dans ses appartemens de peur de tomber sous la griffe des chats.

Après être rentrée dans sa chambre, la marquise avait donné l'ordre à Marine de ne pas retourner à Saint-Maur; mais elle lui avait dit de se tenir prête à y aller dans la soirée, qu'elle aurait encore une lettre à lui faire porter.

Ma pauvre enfant tient toujours à son idée, pensa Marine; si elle allait devenir comme son mari ! Comprend-on cette obstination à vouloir que le commandeur ne soit pas mort ! Puisqu'elle veut être trompée, et que cette erreur la rendra moins malheureuse, eh bien ! que la volonté de Dieu soit faite, elle sera trompée.

—Quand tu voudras, ma fille, répondit-elle à la marquise, j'irai à Saint-Maur. Mais, crois-moi, le commandeur.... A quoi bon, pensa-t-elle, revenir toujours là-dessus? et elle s'arrêta pour dire, en sortant de l'appartement : Quand tu voudras et tant que tu voudras.

Au milieu du silence général qui régnait dans l'hôtel, livré à la tristesse, la marquise de Courtenay écrivit ainsi au commandeur :

« Vous vivez !... je le sais... j'en suis sûre...
» quoique tout le monde vous croie mort...
» J'ai arraché ce secret à votre frère, à force de
» tourmenter son esprit, étrangement affai-
» bli par la scène dont il venait d'être acteur
» et témoin. Il croit n'avoir rien dit, mais je
» sais tout. Vous vivez !.. Que le ciel soit
» béni pour vous avoir conservé à votre ne-
» veu et à votre nièce, chers enfans dont j'en-
» tends les regrets et les gémissemens de
» l'endroit où je vous écris. Eux aussi vous
» pleurent comme mort... et je ne puis aller
» les consoler, les payer de leur tendresse
» pour vous en leur disant : Non, il n'est pas

» mort! celui que vous pleurez... vous le re-

» verrez un jour... vous l'embrasserez. Sé-

» chez vos larmes... souriez à votre mère qui

» vous porte la bonne nouvelle... mettez-vous

» à genoux!... Mon ami, je n'ai jamais eu tant

» de religion que depuis que je suis si malheu-

» reuse, que depuis deux jours. Si vous saviez

» le rêve qu'a fait Léonore la nuit, cette hor-

» rible, cette suprême nuit dernière. Horrible,

» vous étiez mort !... mais bienheureuse,

» vous viviez!... Ce rêve... je vous le racon-

» terai un jour. Tenez! les cris de Léonore et

» de Tristan redoublent; ils me troublent la

» raison... ils me déchirent l'âme... Je mêle

» mes cris à leurs cris, mais ils ne m'enten-

» dent pas... mais je ne veux pas qu'ils m'en-

» tendent... Je leur crie : Ne pleurez plus !..

» ne pleurez plus ! votre oncle n'est pas

» mort!... M'ont-ils entendue?.. Leurs san-

» glots n'arrivent plus jusqu'à moi... ils ne

» m'ont pas entendue, mais ils prient!... et ne
» pouvoir rien dire!...

» Je suis heureuse pourtant ; vous vivez,
» mon ami !... J'en ai pour preuve... quelle
» preuve en ai-je? mon Dieu !... Si cette preuve
» allait m'échapper?... Vous vivez, parce que
» j'ai surpris, comme je vous le disais, de la
» contradiction dans les réponses de votre
» frère. Vous vivez, parce que ma lettre, celle
» que je vous ai écrite la nuit dernière, a été
» décachetée. Quel autre que vous aurait pu
» en briser le cachet?... N'est-ce pas que vous
» vivez?... C'est affreux, cependant, d'enten-
» dre dire partout autour de soi : Il est mort...
» il a été tué. . il a été tué... il est mort... et
» de voir du noir de quelque côté que l'on
» tourne les yeux. Moi-même je suis en
» deuil.... ma robe est noire... j'ai un crêpe
» noir autour du cou.... Véritablement, j'ai

» peur.... ce témoignage universel m'épou-
» vante!...

» Je disais donc que vous viviez parce que
» vous avez fait une tache de sang au bas de
» ma lettre. Quelle preuve! Vous ne pouvez
» donc pas écrire? Quelle grave blessure avez-
» vous donc reçue qu'elle vous empêche à ce
» point d'écrire une ligne, un mot, ce mot que
» je vous demandais, et que je vous demande en-
» core, mon ami! Vous êtes blessé! l'êtes-vous
» mortellement? Voilà que Tristan et Léonore
» reprennent leurs sanglots. Je suis accablée;
» j'étouffe! L'êtes-vous mortellement? Qui me
» dira tout ce que je veux savoir? Si j'inter-
» roge encore votre frère, et je l'ai questionné
» de nouveau, il me répondra, comme il m'a
» déjà répondu : Mon frère est mort; il est bien
» mort. Et vous ne sauriez croire avec quelle
» lucidité désolante il exprime cette cruelle af-

» firmation. Jamais sa raison ne m'a paru si
» claire que dans ce moment-là.

» N'importe! n'importe! vous vivez; je l'ai
» dit, je le crois; ma fille l'a rêvé. Ma lettre a
» été décachetée; vous y avez répondu par une
» tache de sang. C'est donc une tache de sang
» qui fait toute ma certitude. Mais c'est bien
» vous, du moins, qui l'avez faite au bas
» de ma lettre, c'est bien de votre sang? Vînt-
» il de votre cœur, je veux que ce soit de vo-
» tre sang. Je le veux, parce que je veux que
» vous viviez pour mes deux enfans. Je suis
» sûre que vous manquez de soins. Pour-
» quoi les femmes n'assistent-elles pas à
» ces horribles combats, à ces duels qui
» dévorent nos familles? Léonore eût sucé
» votre plaie, et, toute faible qu'elle est,
» ma Léonore, elle vous eût porté dans ses
» bras jusqu'au premier endroit où on ui au-
» rait ouvert. Ce n'est pas elle qui vous eût

» laissé gisant dans votre sang au milieu d'un
» bois. Tous les gens du roi ne l'eussent pas
» fait éloigner d'un pas. C'est que nous vous
» aimons bien ici! Vous en jugeriez par les
» pleurs qui, depuis vingt-quatre heures bien-
» tôt, ne cessent de couler de tous les yeux;

» Je ne vous parle pas de moi, mon ami. Si
» vous n'êtes pas trop grièvement blessé, si
» vous pouvez vous servir de votre main, vous
» m'écrirez quelques mots seulement, bien
» consolans, bien bons, comme tout ce qui
» vient de vous; mais plus de sang, plus de
» sang, plus de sang! J'ai effrayé mes pau-
» vres enfans : j'aurai parlé haut! ils m'appel-
» lent ; il faut que j'aille à eux. Je me hâte.
» N'est-ce pas, quelques mots, que j'en puisse
» rassasier mon âme; si peu que vous voudrez,
» que vous pourrez. Mon Dieu! prenez ma vie,
» et que je lise bientôt... Écrivez votre nom...
» votre nom seulement, et je le poserai sur la

» bouche de mes enfans pendant leur som-
» meil.

» CASIMIRE DE COURTENAY. »

« C'est Marine qui vous portera encore cette
» lettre ; la pauvre Marine vous croit mort,
» elle aussi. Mais, après votre réponse, il fau-
» dra bien la mettre dans le secret. »

Quand la lettre fut pliée, la marquise appela
Marine et lui recommanda, en la lui remet-
tant, d'attendre qu'il fît nuit pour la porter à
Saint-Maur.

— Voyons ! lui dit-elle, tandis que sa main
retenait encore la lettre par un angle, voyons,
Marine, es-tu convaincue que le commandeur
n'est pas mort ?

Marine regarda la marquise jusqu'au fond
des yeux, afin de s'assurer de l'état moral de
celle qui lui adressait cette question.

Le doute n'avait jamais pris une expression
aussi déchirante sur la terre. Celle qui avait

servi jusqu'ici de mère à la marquise, celle qui était habituée à découvrir les plus fugitives nuances de son âme, fut alarmée de la profonde altération qu'elle remarqua. Marine s'assura que la conviction de la marquise ressemblait à faire peur à la conviction contraire, et que, lorsqu'elle se persuadait et voulait persuader aux autres que le commandeur vivait, elle était plus douloureusement affectée que si elle était convenue avec tout le monde qu'il n'était plus.

La marquise ayant répété sa question, Marine lui répondit avec effort, et comme si elle eût eu une feuille de plomb sur la langue :

— Je ne puis plus douter qu'il soit encore en vie, puisque tu parais si convaincue. Tu sais ce que tu sais; moi, je n'ai soutenu mon dire que d'après ce que j'avais entendu.

— Oui, je sais ce que je sais, appuya la mar-

quise, laissant ainsi pressentir à Marine qu'elle
ne tarderait pas à lui confier des choses après
la révélation desquelles le doute ne serait plus
permis. Et à moins que d'être folle, se reprit-
elle, je ne soutiendrais pas comme vrai ce qui,
au fond, serait faux.

— Sans doute! mais sans doute, affirma
Marine, d'un ton qu'elle chercha le plus possible à rendre naturel.

— Ma pauvre Marine, tu es de mon avis par
complaisance; tu ne sais pas mentir; ce que
je te dis, je le vois, ne te persuade pas.

— Voyez-vous ces idées-là! Pourquoi m'accuser ainsi? Sans doute j'aimerais autant que
le commandeur fût là près de nous, mais ce
n'est pas une raison pour ne pas supposer...
pour ne pas imaginer... pour ne pas croire...
Tiens! donne-moi cette lettre; il y a un quart
d'heure que je devrais être partie, s'écria Marine en emportant la lettre et la fin d'une si-

tuätion horriblement pénible pour elle à soutenir plus long-temps.

—Puisqu'elle veut être trompée... murmura Marine en quittant une seconde fois l'hôtel pour se rendre au couvent de Saint-Maur.

Le reste de sa phrase mourut sur ses lèvres.

C'était la fin du jour; la marquise de Courtenay descendit à pas lents au salon, où elle trouva son mari très préoccupé de l'idée folle dont il avait fait part à Marine dans la matinée. Il s'était juché sur le bord d'un fauteuil, regardant furtivement à droite et à gauche, comme si un péril le menaçait. Ses yeux ronds brillaient dans les cavités de sa maigreur; il était triste et effrayé : c'était véritablement un hibou.

— Fermez bien la porte! s'écria-t-il dès qu'il vit entrer la marquise. Si quelque chat s'introduisait ici...

—Voilà l'homme avec lequel je serais obligée

de passer ma vie si je ne conservais encore l'espoir...

Elle alla vers lui avec l'air de pitié mélancolique qu'il lui inspirait lorsqu'il était dans cet
état, et, lui prenant la main comme à un enfant dont on n'obtient rien que par la douceur, elle lui dit pour le rassurer : Venez, ne
craignez rien, monsieur le marquis, nous avons
à nous entretenir de choses sérieuses. Asseyez-
vous près de moi.

— Je n'ai rien à redouter, du moins...

— Puisque votre excellent frère le commandeur est mort, reprit la marquise, pesant
sur chacune de ses paroles pour examiner l'effet produit sur celui dont l'attention lui importait tant, puisque le commandeur est mort, reprit-elle, il nous est imposé l'obligation de
faire célébrer demain, dans la chapelle de l'hôtel, un service funèbre pour le repos de son
âme. — S'il est faux qu'il soit mort, pensa la

marquise, il n'osera pas consentir à cette cérémonie, qui serait une profanation.

— Vous avez été prévenue, répondit le marquis sans hésiter et avec une plénitude qui accusait la plus coulante netteté d'esprit; j'ai fait tendre de noir, la nuit dernière, la chapelle de l'hôtel. Notre aumônier est averti que la cérémonie aura lieu sans bruit demain, à sept heures, et rien qu'en présence de notre famille et des domestiques de la maison, le genre de mort de mon malheureux frère étant assimilé au suicide par la dernière lettre pastorale de monseigneur l'archevêque de Paris. Voyez si ce que je vous dis est vrai, ajouta le marquis de Courtenay. Et, prenant à son tour sa femme par la main, il la conduisit à une des grandes croisées de l'appartement; il tira les rideaux.

En ce moment les rôles étaient changés, l'esprit faible, abattu, nébuleux, désorganisé, c'était celui de la marquise.

— Tenez! dit le marquis en étendant le bras
et en désignant la galerie basse où se trouvait
la chapelle; tenez, vous apercevez d'ici, à la
lueur des bougies, les tentures noires, le catafalque, et attachés aux piliers, les écussons
aux armes de mon excellent frère, le commandeur.

Le cœur de la marquise dut devenir blanc
à ce spectacle. Elle était venue pour effacer
de son esprit un dernier doute, et son mari
lui mettait un catafalque sous les yeux. Son
mari, qui n'aurait pas osé, comme elle avait
pris soin de le penser elle-même, commettre
un sacrilége en faisant célébrer un service funèbre pour un frère qui ne serait pas mort.

— Ah! oui il est mort! dit-elle en appuyant,
par un frémissement nerveux, son bras sur
celui du marquis qui était resté tendu; quelle
fatale illusion m'étais-je faite!....

— Hélas! il n'est que trop vrai, murmura

le marquis après avoir tiré les rideaux et devenu pour un instant le personnage fort de l'entretien. Vous n'en doutez plus à présent, ajouta-t-il ; et si vous eussiez vu comme moi!...

— Non! je ne doute plus maintenant, interrompit la marquise toute pâle, presque indignée du ton parfait de certitude répandu dans les paroles de son mari qu'elle aurait voulu voir en ce moment frappé des signes les plus évidens de la folie afin de nier les paroles qu'il prononçait.

— Si vous l'eussiez vu comme moi, reprit-il, tomber à terre, frappé au cœur de la balle de son adversaire....

— Il a été frappé au cœur, au cœur! dites-vous ?

— Au cœur ou au front qu'importe, continua le marquis, puisqu'il devait mourir du coup.

— Et il n'a rien dit, il n'a pas eu la force de vous faire ses adieux? s'informait la marquise, instruite pour la première fois des circonstances du duel.

— Il est tombé pour ne jamais plus se relever. Ses yeux se sont fermés, son pouls ne battait plus. C'était un cadavre.

— Comme il a toute sa raison en me disant ces affreux détails, pensait la marquise dans la désolation de son âme. Que n'eût-elle pas donné pour que tout-à-coup un accès de folie s'emparant de lui, elle pût au moins mettre en doute ce qu'il lui racontait? Elle alla jusqu'à provoquer cette erreur dont elle avait besoin, — et c'est bien là le cœur humain, — elle porta à droite et à gauche ses regards, comme si elle eût craint le ridicule danger dont lui avait parlé son mari. Elle les plongeait avec affectation sous les fauteuils et les meubles afin de lui faire croire qu'il pouvait bien s'y cacher un de ces animaux domestiques si redoutables aux oiseaux.

— Verriez-vous quelque... quelque chat...
s'écria le marquis, trop sur ses gardes pour ne
pas remarquer le manége de la marquise.

— Non! répondit doucement la marquise;
mais non... Je ne crois pas...

— Vous ne croyez pas!... Mais alors vous
n'êtes pas sûre! Sauvez-moi, au nom du Ciel,
de ses griffes, dit-il, en se jetant devant sa
femme pour s'en faire un bouclier. Sauvez-
moi! Oh! sauvez-moi!

C'est dans ce moment où le cœur battait si
fort au marquis qu'elle lui dit :

— Je vous quitte...

— Vous me quittez!... Ne me quittez pas!...

— Non! je veux dire que nous nous reti-
rons; mais que je vous quitterai quand je vous
aurai ramené chez vous, parfaitement rassurée maintenant sur le sort de notre commandeur. Comptez sur mon inviolable discré-

tion pour tout ce que vous m'avez dit relativement à sa fuite.

—Vous êtes rassurée !... votre discrétion !.. sa fuite !... Qu'est-ce que cela veut dire ! Suis-je assez insensé pour vous avoir exprimé autre chose que ce qui est dans ma pensée, que ce que tout le monde sait, que ce que dix ou douze témoins ont vu. Ne viens-je pas de vous montrer un catafalque? Voulez-vous me rendre fou? décidément fou? Oh! madame de Maintenon n'a jamais tourmenté ainsi Louis XIV! Mes malheurs égaleront du moins les malheurs du grand roi, si ma gloire et mon aste n'ont pas su égaler son faste et sa gloire, dit, épuisé par cette exclamation, le pauvre marquis, tout à la fois risiblement modeste et vraiment touchant en réclamant les derniers priviléges de sa raison.

—Pardonnez! oh! pardonnez! dit la marquise d'un accent plein de regret, émue de

compassion pour son mari dont elle venait de
jouer la raison, afin de lui arracher l'impossible aveu que le commandeur n'était pas mort.
Pardonnez à une aberration momentanée de
mon esprit et non du vôtre. Soyez indulgent
envers une douleur de famille dont l'excès m'a
fait prêter un sens opposé à celui de vos paroles, qui sont justes, qui sont sensées. Si
c'est une faute, excusez-la en faveur du profond attachement que j'avais pour votre
frère... Je suis bien punie, je vous ai attristé,
affligé ; mais...

— Vous êtes bonne, l'interrompit le marquis, touché des regrets de sa femme, de sa
résignation attendrissante, de son accablement
profond. Vous êtes bonne de nous aimer ainsi.

Ils quittèrent le salon. La marquise conduisait son mari, mais en réalité c'est le marquis
qui la soutenait.

— À demain matin, sept heures, répéta la marquise. J'y serai.

La certitude des intérêts humains s'écroule souvent avec une facilité dont devraient s'étonner ceux qui n'admettent que les certitudes appuyées sur des causes matérielles, faisant bon marché des autres certitudes, de celles dont la religion est la base. Sur quoi reposait l'opinion où avait été jusqu'ici la marquise, que le commandeur avait survécu au duel? Sur une indiscrétion qu'elle avait cru surprendre dans les propos de son mari, et son mari venait de lui prouver qu'il ne s'était nullement trahi dans sa première relation. Elle avait, il est vrai, une autre preuve, c'était la tache de sang imprimée au bas de sa lettre; c'est-à-dire une bizarrerie explicable de cent manières, un tour de moine oisif et cruel aux mains duquel la lettre aurait pu tomber.

C'était la seule preuve qui lui restât.

Aussi se jeta-t-elle sur cette lettre avec l'a-
vidité du désespoir en entrant chez elle. « Mais
je ne suis pas une insensée, s'écria-t-elle, cette
tache de sang existe, elle est là, dans cette
lettre, je l'ai vue, je l'ai touchée. » Elle ouvre
la lettre, la tache de sang n'y était plus. La
marquise fut foudroyée sur place. L'endroit
était estompé par le frottement de ses doigts,
mais la marque qu'elle cherchait avait disparu. Pour achever de lui enfoncer au cœur
l'affreuse conviction qu'elle se trouvait maintenant dans l'impuissance d'écarter, Marine,
qu'elle savait être de retour à l'hôtel depuis
plusieurs heures, car la nuit était très avancée, n'était pas remontée lui dire le résultat
de son voyage à Saint-Maur. Marine, pensa-
t-elle, ne voulait plus, sans doute, se prêter
davantage à une comédie fantastique ; porter
des lettres à une personne enfermée dans le
cercueil depuis trois jours. La marquise passa

les heures qui la séparaient du moment où elle
descendrait à la chapelle, dans l'hébètement,
dans la pétrification inerte qu'éprouvent les
condamnés à mort dans leur cellule. Elle rêva
les yeux ouverts, veilla les yeux profondé-
ment fermés, se crut morte depuis long-temps;
mais la réalité était là et le soleil avait marché.
A sept heures, une de ses femmes de chambre
vint lui dire que toute la maison, rassemblée
dans les pièces basses, l'attendait pour se rendre à la chapelle. L'aumônier avait déjà commencé les prières. « Je descends, répondit la
marquise, qui ne s'était pas déshabillée. Je
descends. » Elle se souvint de son père, si
ferme et si grand à l'heure de son supplice, et
elle eut la force de se lever et de marcher.

Une lettre était sur sa table, où la femme de
chambre l'avait déposée en entrant ; la marquise la prit, l'ouvrit. Comme elle tremblait !
Cette lettre portait sur la suscription la mar-

que distinctive affectée aux lettres qu'on appe-
lait alors de la petite banlieue.

— Ma mère, oh! ma mère! s'écria la marquise, dont les genoux fléchirent, c'est son
nom! le voilà! tout ce que je lui avais demandé : son nom! Maintenant, que Dieu lui-
même descende et qu'il ose me dire que le
commandeur n'existe pas! son nom est là,
écrit de sa main, il vit, il a signé!

XII.

— Madame ne descend pas, revint dire la femme de chambre, qui attendait sur le pallier.

— Mais oui ! me voilà, répondit la marquise ; je vous suis, je donne un dernier coup d'œil à

ma toilette. Comme je suis défaite ! Laissez-
moi placer une mouche à la tempe, cela corri-
gera la pâleur de mon visage. Il ne faut pas
faire peur au monde, laisser croire à M. l'aumônier que c'est moi qu'on enterre ! Mais quel
beau temps il fait ! quelle agréable matinée !
On respire, on renaît. On dirait une visite de
printemps. Nous irons certainement à la campagne cette année, n'est-ce pas ? dit la marquise à sa femme de chambre, en passant devant elle pour descendre à la chapelle.

— Qu'a donc madame la marquise, murmura la femme de chambre, pour être si gaie,
elle qui a la mort sur le visage ?

La marquise avait la résurrection dans la
main, la lettre qu'elle venait de recevoir.

Bientôt toutes les personnes de l'hôtel, maîtres, intendans, domestiques, furent réunis
autour du catafalque élevé au commandeur
au milieu de la chapelle. Tendrement aimé

de tous ceux qui l'avaient connu, il éveilla à
ce moment pieux le souvenir de ses belles qualités, de ses généreuses actions. Chacun se
rappelait au fond du cœur un trait de sa
vie. Ce recueillement est la plus sainte des
prières. A genoux sur le premier rang, Tristan et Léonore n'auraient pas été plus affligés
de la mort de leur mère. Ils avaient perdu, en
venant à cette cérémonie, l'innocent égoïsme
de leur âge; la douleur les avait traités en
grandes personnes. Leurs yeux cernés, leurs
joues amincies, leur front triste, leur attitude
flétrie témoignaient combien ils sentaient la
perte de leur meilleur ami. Leur peine se voyait
d'autant mieux qu'ils étaient agenouillés près
de leur père, chétive créature dont ils ne devaient attendre ni appui ni protection, intelligence évanouie, grand nom livré d'abord à la
pitié du monde, aujourd'hui au ridicule des
salons. Que de moyens n'avait-il pas fallu pren-

dre, que de rusés n'avait-on pas employées
pour le décider à descendre à la chapelle? Il
n'avait voulu y figurer qu'à l'abri des barreaux
d'une cage, excessivement logique dans sa
peur d'être dévoré par les chats. Comment
construire une cage assez grande? Le marquis
n'avait cédé que devant cette difficulté d'exé-
cution. Mais comme il s'était fait entourer!
comme on lisait sa peur sur son visage effaré!
Il regardait sans cesse autour de lui!

C'est Marine, la forte tête la maison, qui
avait tout réglé en si peu de temps; semblable à ces bonnes mères dont la souffrance
agrandit le cœur et qui seraient capables, à
l'heure de l'agonie, de se lever de leur lit pour
se tailler elles-mêmes leur linceul de peur de
causer trop de chagrin à leur fille.

La cérémonie funéraire se fit dans tous ses
détails. Une seule personne restait calme au
milieu de la consternation générale. C'était la

marquise : on ne vit pas glisser une seule larme
entre ses paupières. Elle semblait au contraire
sourire parfois à ce qui se passait sous ses
yeux. Elle s'épanouissait intérieurement à ce
jeune soleil, promenant ses cheveux d'or
sur le manteau du catafalque, teignant le
pavé des gaies bigarrures des vitraux à travers
lesquels ils passaient. Ni le chant des morts,
ni la prière suppliante, ni la voix émue de l'aumônier, qui prononça en chaire l'éloge du commandeur, ne plissèrent une seule fois le front
de la marquise. Elle chantait aussi, mais les
vertes joies de l'espérance. Elle murmurait
l'hymne de vie quand on chantait à ses côtés
l'hymne de mort. Tout lui paraissait heureux
et riant. Il pleuvait pour elle des paillettes
d'or; le jour était rose, l'air était doux dans
cette chapelle si noire, si humide, si lugubre
pour les autres.

Aucun de ses mouvemens n'avait été perdu pour Marine.

La cérémonie achevée, chacun se retira en silence.

Dès qu'elle fut dans ses appartemens, la marquise se hâta de se débarrasser de ses habits de deuil, qui l'oppressaient ; elle passa une robe claire comme ses idées et se plaça à son secrétaire. — Elle écrivit :

« Avoir lu votre nom, ce n'est plus douter de votre existence, quoique je revienne à l'instant même d'entendre réciter l'office des morts sur vous. J'ai poussé l'impiété jusqu'à être heureuse, quand tout le monde à mes côtés fondait en larmes. Mais je savais que tous ces pleurs pouvaient s'arrêter sur un seul mot de moi, un seul mot toujours au bord de mes lèvres. Si je l'eusse prononcé, toutes ces douleurs s'écroulaient autour de moi, les tentures noires disparaissaient comme un nuage ; mes en-

fans, votre frère, nos serviteurs, passaient de
la désolation à la joie, de la mort à la vie tout
comme moi-même après avoir lu votre nom.
Il a fallu refouler dans mon cœur ce mot qui
aurait produit ce miraculeux changement.
C'est cruel, mais cette cruauté, l'avouerai-je?
n'était pas sans charme pour moi, Que Dieu!
je l'imagine, doit se sentir grand et consolé,
—s'il éprouve à quelque titre nos satisfactions
terrestres,—de savoir d'avance qu'il va faire,
à telle minute donnée, le bonheur de ceux qui
souffrent! J'éprouvais quelque chose de cette
satisfaction égoïste et divine.

» Je ne veux pas savoir si votre blessure est
grave, mortelle; elle ne peut pas l'être, n'est-
ce pas? Je ne veux pas savoir si vous garderez
le lit encore long-temps; je ne veux pas savoir si vous souffrez beaucoup; je ne veux
pas savoir.... je ne veux rien savoir. — Vous
vivez! que mes enfans sont heureux!

» Il est temps de s'occuper des moyens de vous tirer des suites de cette mauvaise affaire. Elle n'est pas sans difficultés. A l'exemple de son grand aïeul, Louis XIV, le jeune roi, prétend se montrer de la dernière sévérité contre les duellistes. Il ne veut pas imiter la faiblesse du régent. Dans son conseil, l'abbé Fleury paraît l'emporter sur le duc de Bourbon, qui ne voit pas avec la rigueur du vieux ministre ces combats singuliers. Jusqu'ici vous n'avez rien à craindre, puisqu'on vous croit mort ; mais, comme vous ne pouvez toujours rester renfermé au couvent, il faut prévoir le moment, très prochain, je l'espère, où vous en sortirez.

» Des trois combattans qui ont pris part à ce duel, vous êtes le plus menacé, par la raison fort simple que votre adversaire est en fuite, et que M. le marquis, votre frère, est censé avoir agi sans discernement et à votre instigation. Tout retomberait donc sur vous. L'abbé

Fleury ne serait pas fâché de faire un exemple, et de le prendre surtout dans ma famille.
Il faut donc que j'obtienne votre grâce du roi
lui-même, et que je la lui demande directement dans un moment où il sera seul. Il se présente une occasion. Le roi se marie dans huit
jours ; il y aura réception, bal à la cour. Je
verrai sa majesté, et ma demande lui sera faite.
Je ne doute pas de la réussite. Dans huit jours
donc, vous pourrez reparaître sur la liste des
vivans. Enfin, vous me devrez quelque chose!
à moi qui suis cause de tout ce qui a eu lieu;
je l'avoue en baissant la tête devant vous, dont
j'ai failli causer la mort.

» Je n'ai jamais tant souffert, sans doute,
que ces jours derniers, mais j'avoue aussi que
les émotions que j'ai ressenties par intervalles
m'ont paru d'une nature supérieure aux joies
que j'ai goûtées jusqu'ici. Il y avait comme la
main de l'homme dans celles-ci : j'ai reconnu

une main autrement puissante dans les autres.
Il me semble que ces deux félicités peuvent
s'appeler, l'une, le succès, le plaisir même;
l'autre, le bonheur. Je connaissais le succès,
je n'avais qu'entrevu, sans doute, le bonheur. Comment comparer la satisfaction que
j'ai eue dans le monde d'être connue, louée,
applaudie, admirée, à ce que j'ai goûté de
pures félicités en apprenant votre résurrection,
en voyant le dévoûment de mes serviteurs, en
sentant couler pour la première fois sur mes
joues les pleurs versées pour vous par mes enfans! Peut-être les douleurs domestiques ont-
elles cela de bon, quand elles ont cessé, qu'elles
deviennent un inexplicable motif de contente-
ment; tandis que les plaisirs que procure la
vanité ne laissent dans la main que le vide et
dans le cœur que le doute.

» Quoi qu'il en soit, j'ai toujours été punie
jusqu'ici de mes succès du monde, et je ne

voudrais pas, même au prix que je les ai achetées, ne pas avoir connu les consolations dont je me suis abreuvée.

» Mais j'oublie que, si je n'écris pas à un mort, j'écris du moins à un malade. Je ne veux pas vous fatiguer. Si vous pouviez, dans votre réponse, me dire que vous approuvez mon projet de parler au roi, vous m'encourageriez à cette démarche, dont le succès, du reste, me paraît certain.

» Votre bien aimante belle-sœur,

» CASIMIRE. »

Un point reste à éclaircir parmi les événemens qui se sont passés : qu'était devenue la lettre écrite par la marquise de Courtenay au duc de Bourbon, le soir où elle revint si agitée de la Comédie-Italienne ; la lettre dans laquelle elle sollicitait avec tant d'instances la nomination de Raoul de Marescreux comme capitaine dans la maison du roi ? Une heure après l'avoir

lue le duc avait envoyé la nomination à la marquise, quoiqu'il n'eût rien compris à sa conduite. Il n'avait pas oublié avec quelle indignation elle avait repoussé, dans le conseil,
la demande du jeune dragon béarnais peu
d'heures auparavant. Si de graves soucis ne
l'eussent distrait, il eût, avec plus de raison
que tout autre, soupçonné quelque intrigue de
cœur dans ce conflit de contradictions. Mais
le duc se détachait du pouvoir, poussé du
pied de plus en plus par l'astucieux abbé
Fleury. La faction des vieux l'emportait. On
pressentait le moment où la cour l'enverrait
méditer sur l'instabilité des grandeurs humai-
nes au fond des ombrages de Chantilly. Ce
moment approchait. Le duc pouvait comman-
der les chevaux de poste. Il avait donc expé-
dié le brevet de capitaine sans y attacher la
moindre importance. Mais la marquise de
Courtenay n'en avait fait aucun usage ; elle

l'avait jeté au feu en apprenant la tournure
qu'avait prise l'événement de la Comédie-Italienne. Ce qu'elle aurait accordé d'abord au
prix d'une prudente faiblesse, il eût été infâme, à elle, de l'offrir alors pour empêcher un
duel. Dans cette circonstance, elle aurait eu
l'air, en tendant le brevet à l'homme mis à la
porte de chez elle, de lui demander grâce pour
son mari et pour son beau-frère. Cette pensée ne pouvait lui venir. Le brevet avait été
détruit. Seulement, pour ne pas trop se com-
promettre d'abord, elle s'était horriblement
compromise plus tard. Tous les espions placés
par l'abbé Fleury dans les bureaux du duc de
Bourbon eurent connaissance de la pétition de
la marquise de Courtenay en faveur du jeune
dragon béarnais; la manière pressante; la
forme romanesque, l'heure singulière de la
demande furent portées à la connaissance de
la cour, qui connut ainsi le fait et les détails

avec une grande jubilation de scandale. Il plut
des épigrammes et des chansons.

L'orage grondait fort, on le voit, autour de
la marquise, en même temps que tous les ap-
puis dont elle s'était entourée ployaient et
menaçaient de se briser. Deux ancres seules
résistaient encore à l'entraînement du courant
qui l'emportait. Le commandeur, ou plutôt son
ombre, car que restait-il de lui en réalité?
Excepté la marquise, qui aurait osé affirmer
qu'il vivait encore, après tant de preuves de
sa mort? Le besoin impérieux chez elle de
croire à la vie du commandeur, quelques in-
ductions mystérieuses dont le temps ne tarderait pas à déchirer le voile, suffisaient-ils pour
le compter encore au nombre des vivans?
Son autre consolation résidait dans ses deux
enfans, Tristan et Léonore. Elle revenait à
eux et s'y attachait avec une énergie désespérée. La douleur les lui rendait. Elle aurait

voulu maintenant leur payer tout à la fois
l'amour dont elle les avait privés jusque-là.
La mère réclamait les droits négligés par la
femme. Mais ces sortes d'oubli se réparent-
ils ?

Toutes les caresses qu'elle jetait dans cet
abîme pour le combler rétablissaient-elles le
niveau ? Ils allaient entrer dans la vie eux
aussi ; avait-elle préparé leur sort ? Elle pouvait compter les heures où elle avait sacrifié
les agitations du monde et de la cour aux soins
de leur éducation. Tristan n'était qu'un jeune
homme, un enfant aimable d'un caractère léger et facile, qu'elle n'osait pas élever comme
elle avait été élevée par son père, de peur de
recommencer une tradition fatale ; d'ailleurs
il n'avait en lui aucune des qualités sérieuses
de M. le comte de Canilly. Il aimait le plaisir, courait les fêtes et ne soupirait qu'après

le moment où il aurait un emploi d'honneur à la cour.

Le sort de Léonore occupait plus sérieusement la marquise; elle ne se souvenait pas sans effroi de la prétention menaçante du dragon rouge. Il avait osé demander la main de Léonore, l'exiger. Ce jeune homme avait montré tout ce qu'il serait capable de tenter pour l'obtenir. Il était parti, mais la menace était restée suspendue. S'il reparaissait un jour ; s'il venait une seconde fois et plus impérieusement encore redemander Léonore à la marquise comment celle-ci défendrait-elle sa fille ? Le commandeur serait-il là pour les protéger ? La terreur des mères est prophétique. Ce jeune homme reviendrait un jour ; la marquise en était sûre ; il n'était pas loin de Paris ; il n'avait pas touché le prix de sa vengeance, si mystérieuse et si bien calculée. Léonore était ce prix. A qui dire toutes ces craintes? à qui les confier utilement? Habituée à la défiance, elle voyait dans chacun de ses domestiques un complice qui ouvrirait pour de l'or, quelque nuit, les portes de son hôte à Raoul de Marescreux, et Léonore serait enlevée.

Paris, dès ce moment, ne lui parut plus un lieu assez sûr pour mettre sa fille à l'abri d'une pareille tentative. Secrètement elle écrivit au duc de Bourbon de faire nommer Tristan secrétaire auprès de l'ambassadeur de France à Madrid, et de lui permettre de se faire accompagner de sa sœur Léonore. Son fils étant d'âge à entrer dans les fonctions diplomatiques, elle sollicitait pour lui cet emploi, dont il était digne par sa naissance.

Tel fut le projet auquel la marquise de Courtenay s'arrêta, et le seul qui parût offrir à sa sollicitude maternelle de suffisantes garanties contre les poursuites de Raoul de Marescreux. La réponse du duc de Bourbon fut sa propre oraison funèbre. En accordant à la marquise ce qu'elle lui demandait pour son fils, il ajoutait que c'était la dernière faveur qu'il faisait. Le roi venait de le remercier de ses services en l'exilant en Bretagne. La cabale de l'abbé Fleury avait pris le dessus, ce à quoi il s'attendait depuis long-temps, les Condé ayant succombé à la cour toutes les fois qu'ils se sont trouvés aux prises avec les prêtres, leurs éternels persécuteurs. Du reste, il se félicitait de fermer son règne de ministre par une faveur qu'une heure plus tard il n'aurait pas pu accorder.

Cette disgrâce était une immense perte pour la marquise de Courtenay, mais elle ne devait en sentir tout le poids qu'après avoir épuisé la joie qu'elle éprouvait de pouvoir envoyer et cacher en Espagne son fils Tristan et sa fille Léonore.

Une heure après et la nuit étant venue, une chaise de poste fut attelée sans bruit sous la voûte de l'hôtel.

La marquise fit ensuite venir dans ses appartemens ses deux enfans, et elle leur dit en faisant voir toute son émotion.

— Vous allez partir,

— Avec vous, sans doute, ma mère? s'écria Tristan.

— Seuls. La voiture vous attend.

— Et pour aller où? demanda Léonore.

— Votre voyage est un secret; un homme qui a toute ma confiance va vous conduire en Espagne. Je voulais d'abord vous taire la ville où il est chargé de vous conduire, mais je n'ai pas le courage de vous la laisser ignorer; votre fuite, déjà si cruelle, ressemblerait trop à un exil, chers enfans. On vous mène à Madrid. Voilà où vous allez.

Léonore se jeta aussitôt en pleurant dans les bras de sa mère.

Pendant quelques minutes la marquise confondit ses larmes avec celles de Léonore.

— Est-ce que nous ne nous reverrons plus, ma mère ? murmura la fille de la marquise. Est-ce pour toujours ?

— Pour toujours ! Est-ce que cela serait possible ? Ne suis-je donc plus votre mère ?

—Tristan, reprit-elle, je mets votre sœur Léonore sous votre protection.

— Ma sœur court-elle quelque danger ? faut-il la défendre ? Ah ! parlez ! parlez !

— Votre sœur, continua la marquise en essuyant ses larmes, ne court aucun danger réel ; mais vous allez tous les deux dans un pays où votre union fera votre force ; où si un bras doit la protéger, c'est le vôtre, mon fils bien-aimé, mon Tristan. Je n'ai pas voulu vous dire autre chose. Vous n'êtes plus un enfant.

—Non, ma mère.

En parlant ainsi, la marquise admirait avec une douce pitié l'énergie qu'elle avait éveillée dans l'âme de son fils, tandis qu'elle ne pouvait renoncer à voir en lui ce qu'il n'était que trop, un enfant délicat dont l'éloignement la remplissait déjà de crainte.

—Vous êtes si peu un enfant que j'ai obtenu pour vous, Tristan, de la bonté de monseigneur le duc de Bourbon, l'emploi de secrétaire d'ambassade.

—Ah! ma mère, s'écria Tristan avec enthousiasme, laissez-moi aller le remercier.

— M. le duc est exilé.

— Exilé!

—C'est la vie, reprit la marquise. Votre protecteur cherche peut-être lui-même en ce moment une protection.

De sombres pressentimens traversèrent l'esprit de la marquise au souvenir de cette grande déchéance.

Un homme ouvrit à ce moment la porte du salon ; il avait un manteau de voyage.

—Encore un instant! lui dit la marquise. Laissez-nous.

— Mes enfans, reprit-elle en s'emparant de la main de Tristan et de Léônore, écoutez mes paroles comme si Dieu lui-même vous les disait.

Pénétrés de l'émotion de leur mère, les deux enfans s'agenouillèrent sur le tapis.

La marquise n'osa pas les relever. Elle se pencha sur eux, le visage inondé de larmes, et elle leur dit à voix basse :

— Votre mère vous demande pardon à tous deux, non pas de ne pas vous avoir aimés, car elle n'a pas ce cruel reproche à s'adresser, mais d'avoir négligé de veiller autant qu'elle l'aurait dû sur votre éducation. Au lieu de vivre pour vous, de former votre caractère, de vous préparer au bonheur par ses soins, elle a livré sa vie à des occupations dévorantes qui ne lui ont rapporté que des doutes, des soucis, de l'amertume, sans parler de ce qu'elles lui réservent encore. Elle vous a oublié....

— Ma mère! s'écria Léonore, qui souleva doucement sa tête, je suis sûre que vous nous avez toujours aimés.

— Chère enfant, vous dites vrai; mais cet amour d'une mère pour ses enfans ne suffit pas à leur bonheur. Je vous devais plus que de l'amour; je vous devais mes soins, mes veilles, mon temps, mon exemple, ma vie... Il est trop tard. Je n'ai plus qu'une prière à vous faire. C'est d'être l'un et l'autre confians et bons dans la vie; de parler sans feinte et d'agir comme vous parlez. Gardez-vous de la dissimulation comme d'une grave faute et

du mensonge, comme vous éviteriez un crime.
Soyez simples et vrais comme Dieu vous a
faits. C'est déshonorer l'âme, croyez-en votre
mère, empoisonner le cœur, corrompre la vie,
que de ne voir jamais autour de soi que des
trompeurs, des fourbes, des méchans, des
êtres intéressés à vous nuire. On finit par être
comme eux. Tristan! croyez à l'amitié des
hommes, à leur sincérité; c'est beau, c'est
bien, dût-on se tromper quelquefois; c'est le
charme, c'est la dignité de la vie. Aimez-les,
ils vous aimeront. Vous m'écoutez, mon fils?

— Ma mère! je vous écoute de toute mon
âme.

— Et vous, Léonore, abandonnez-vous à
la même franchise, vous aurez les mêmes
récompenses. Nous ne valons, nous autres
femmes, sachez-le avant qu'une dure expé-
rience ne vous l'apprenne, que par la bonté
du cœur; et nous nous perdons souvent,

toujours peut-être, par la supériorité de l'intelligence. Pendant le plus ou le moins de temps que vous allez vivre loin de moi, vous deviendrez belle, ainsi que vous le promettez déjà. Vous serez entourée d'hommages, repoussez-les doucement : la vérité dans l'amour est encore le meilleur guide que doive prendre une femme. Ce que je vous dis est au dessus de votre âge, mais non au dessus de l'impérieuse nécessité de vous donner en quelques minutes tous les bons conseils d'une mère qui ne les a pas reçus, elle, qui les a achetés bien cher pour ne les avoir pas reçus. On vous aimera, Léonore, et si vous aimez à votre tour, eh bien! aimez, portez au front votre amour : ne craignez pas d'éprouver ce sentiment, ni de le dire. Votre franchise vous sauvera de tous les tourmens du doute et de toutes les hontes de la contrainte. Enfin, ne cachez rien à vous ni à personne.

— Ma mère, je ferai comme vous, interrompit Léonore.

— Je n'ai pas fait ainsi, moi ! et c'est pour
cela que je veux que vous soyez heureuse.

C'est que je n'ai pas eu de mère, voyez-
vous, se reprit vivement la marquise, je n'ai
pas eu de mère qui m'ait conseillée. Vous serez donc pour moi, dans vos lettres, d'une
absolue franchise. Entendez-vous, Léonore ?
Vous ne me cacherez rien, ni vos pensées, ni
vos sentimens ; enfin vous me traiterez comme
tout le monde, et je ne vous abandonne qu'a-
vec la promesse de votre part, la promesse
sacrée, que vous vivrez avec la simplicité d'une
enfant et la candeur d'un ange.

— Je vous le jure, ma mère ! et je vous
tiendrai d'autant plus fidèlement mon serment
qu'il m'a semblé, pendant que vous me par-
liez avec cette bonté, avec cette tendresse, que

'entendais la voix chérie de notre oncle, de mon cher oncle, le commandeur.

La marquise, en poussant un cri de douleur, éleva jusqu'à ses lèvres palpitantes ses deux chers enfans, qui la soutenaient elle-même.

Elle ne sentit pas qu'on les lui enlevait ; elle n'entendit pas la chaise de poste qui roula sur le pavé de la cour ; elle ne revint de sa léthargie que long-temps après leur départ, et ayant une lettre dans sa main à demi ouverte

XIII.

La nuit était bien avancée lorsqu'elle se pencha pour la lire.

« Madame,

» Puisque vous paraissez tenir, par l'effet

» d'une curiosité dont je ne m'explique pas la
» cause, à vous assurer de mon retour à la
» vie, j'emploierai les premiers instants de ma
» convalescence à répondre aux lettres que
» vous m'avez écrites. Je me croyais deux fois
» mort pour vous cependant; mais je cède à
» vos instances, j'obéis aux cris de votre in-
» quiétude. Je vous rends la pitié que vous
» m'avez montrée. Ma générosité répond à la
» vôtre. »

— Quel langage! murmura la marquise,
est-ce bien lui qui parle? Il n'a vu que la
générosité de ma conduite? Il ne comprend
pas, dit-il, la cause de l'intérêt que je lui porte.
Mais, que dit-il? Une explication! Mon Dieu!
une explication.

« Vous avez pleuré sur ma mort, dites-vous,
» mais que vous importait ma vie puisque vous
» savez l'avoir à jamais troublée par une ac-
» tion dont j'aurais emporté le secret au tri-

» bunal de Dieu, si Dieu eût daigné m'appeler
» à lui. »

— Une action ! quelle action ai-je commise?
Ah ! cette nuit est fatale. Haletante, la marquise reprit :

« Le dernier objet que j'ai vu dans ce monde
» au moment où je paraissais devoir le quitter
» pour toujours, — c'est votre portrait dans
» les mains de M. Raoul de Marescreux. »

— Mon portrait ! s'écria la marquise, mon
portrait ! ! Ah ! oui, mon portrait !...... Mon
père! ajouta-t-elle en s'adressant à la pâle effigie de son père : C'était bien mon portrait qu'il
a vu dans les mains de ce Raoul de Marescreux.

Puis reprenant encore sa lecture :

« Et la dernière parole que j'ai entendue de
» la bouche de mon heureux adversaire est
» que vous lui aviez donné vous-même ce por-
» trait. »

— Oh ! l'infâme ! s'écria la marquise. En
sorte qu'il aurait été, qu'il serait mon amant,
n'est-ce pas ?

La marquise lut enfin cette demi-ligne.

« Vous aimez cet homme.

« Adieu, Madame,

« COMMANDEUR DE COURTENAY. »

— Moi je l'aime ! Moi ! Ah ! cet homme se
venge trop, mon père ! — Est-ce qu'il ne lui
arrivera pas malheur comme à vous, mon père ?

—Moi, je l'aime ! répéta-t-elle; et il le lui a dit
le pistolet sur le cœur ! Et si le commandeur
était mort, ses yeux, sa bouche se seraient fermés pour toujours sur cette calomnie. Quelle
épouvantable mort ! Il lui a dit cela ! Mais j'y
pense, il le lui a dit devant des témoins; devant mon mari ! Ah ! tout se dévoile ! Je suis,
à cette heure, la fable de Paris, la moquerie
des salons; et je ne savais rien ! Je devine à
présent, je prévois à présent, je sais tout à

présent. Ce jeune homme, ce Marescreux m'a déshonorée en un jour, il m'a enlevé en un jour l'amour du commandeur. Mon père! mon père! Vous m'avez laissé sur les bras un terrible héritage.

« Moi, vous avoir trahi! revint la marquise, et comme si elle eût parlé au commandeur; et vous avez pu le croire? De tous mes maux, celui-là est bien le plus horrible. Quelle affreuse agonie il me doit! quel affreux retour à la vie! Je connais la susceptibilité de son âme. Cette conviction l'a mortellement frappé. Il se plaint à peine, il ne m'accable pas, il ne me maudit pas. Je sais ce qu'il aura souffert, ce qu'il souffre encore. Mourir pour moi et apprendre au moment de mourir que je ne l'aimais pas, que j'en aimais un autre, celui qui va le tuer; et ne rien dire, et mourir. Cette résignation est sublime! mon Dieu! je ne vaux pas cela, non, je ne vaux pas cela. Quelle femme

mérite tant d'amour et tant de dévoûment?
Cependant vous le savez, mon Dieu, j'ai pleuré
sur lui toutes les larmes que j'avais dans le
cœur ; et je le pleure encore. Pourquoi mes
enfans ne sont-ils plus là ? Que je suis malheureuse ! Personne, personne pour me consoler.

» Je vais lui écrire, il faut que je lui écrive...
Je vais écrire au commandeur que ce que lui
a dit ce Raoul de Marescreux, est une abomi-
nable invention à laquelle il a eu recours pour
se venger de ce que je lui ai refusé la main de
ma fille. Je vais lui dire que ce portrait fut envoyé à son frère, M. de Marescreux aîné,
lorsque mon père eut la fatale pensée de m'u-
nir à lui, afin de lui prouver qu'il liait indisso-
lublement sa destinée à celle de sa famille,
lors de la conspiration contre le régent. Mais
l'hommage que je lui faisais moi-même de ce
portrait? eh bien! je dirai la vérité; je dirai
que mon père me força à écrire de ma main

les mots tracés au bas de ce portrait. Me croira-
t-il ? Oh ! en suis-je arrivée à ce que lui aussi
n'ait aucun respect pour ma parole ? mais je
le lui jurerai. Croira-t-il à mes sermens? On
ne croit à rien dans le monde où j'ai vécu et
duquel il a voulu cent fois m'arracher, et où
je suis restée et où je suis encore. Il m'a vue
si souvent m'exercer à dissimuler avec adresse
ma pensée, à revêtir de formes si subtiles mes
opinions et mes réponses, qu'il sourira à ma
justification et qu'il me prendra en pitié après
m'avoir eue en mépris. — Non ! je n'écrirai
pas. Il sortira de la retraite où il se cache, et
il m'entendra ; oui, il m'entendra ! je mourrai
à ses pieds ou il ne me relèvera que comprise,
justifiée et pardonnée. Je veux qu'il ait sa
grâce ; c'est bien le moins qu'on accorde la
grâce de celui qu'on a cru mort. Tout Paris,
toute la France se soulèverait, s'il était un tri-
bunal assez inique, assez cruel pour frapper

la victime quand le meurtrier est libre. Il me
faut sa grâce. C'est la mienne que je vais demander.

» A qui m'adresser? se dit la marquise, arrêtée tout à coup par la réflexion. Le duc de
Bourbon n'est plus ministre. Il est dans l'exil. »

C'est alors que la marquise mesura toute
l'immensité de la perte qu'elle avait faite par
la chute du duc de Bourbon. La source de son
crédit s'était tarie. Le rival du duc de Bourbon, son ennemi l'avait enfin renversé : l'abbé
Fleury gouvernait la France. Est-ce à ce ministre hypocrite qu'elle irait mendier la grâce
du commandeur de Courtenay, à celui dont
les plus redoutables adversaires se réunis-
saient deux fois par semaine chez elle, dans
ses salons? Quelle faiblesse d'y recourir! quel
abaissement d'y compter! quelle illusion d'en
espérer un résultat heureux! L'abbé Fleury
était la dernière personne de France à laquelle

il fallait penser pour avoir la grâce et la liberté du commandeur, et, la première, à coup
sûr, qu'il fallait redouter de voir s'opposer
à cet acte de la clémence royale.

La marquise n'avait pas beaucoup d'autres
protecteurs à invoquer au dessus d'elle. Quand
les grands chênes tombent, rien n'est assez
fort autour d'eux pour arrêter ou suspendre
leur chute. Elle pensa naturellement à s'a-
dresser au jeune roi, Louis XV, ainsi qu'elle
l'avait déjà projeté, si l'on se souvient de sa
dernière lettre au commandeur. Elle était, disait-elle alors, sûre de la grâce. Maintenant la
marquise était un peu moins sûre quoique le
mariage du roi fût fixé au lendemain, et qu'elle
comptât beaucoup sur ce jour solennel où un
roi ne refuse rien. C'est qu'elle s'avouait et
se démontrait, avec la brutale conviction de
l'intérêt personnel, si lucide et si net lorsqu'il
agit sur lui-même, que la disgrâce de son pro-

.tecteur, le duc de Bourbon, était aussi une
disgrâce pour elle, et qu'à la cour les gens
tombés sont morts. La cour ne fait pas de pri-
sonniers. Elle ne s'abusait pas sur ce point :
mais elle exceptait le roi du nombre de ses
ennemis. Un roi de France n'est l'ennemi de
personne. Plusieurs fois le roi avait daigné
parler d'elle avec une haute bienveillance ; il
n'ignorait pas l'ascendant qu'elle avait sur l'esprit du duc de Bourbon dans le maniement des
affaires ; il n'avait jamais manqué de l'inviter
à ses brillantes fêtes de Versailles et de Marly.
Aucune raison sérieuse ne pouvait donc faire
entrevoir à la marquise un refus possible de la
part du roi.

La marquise n'avait plus qu'un jour à attendre pour tenter l'ouverture, plus que deux
jours au plus, par conséquent, à patienter pour
confondre aux yeux du commandeur l'impos-
ture de Raoul de Marescreux. Les preuves se-

raient complètes, irrécusables, éclatantes. Que
dirait le commandeur ? Le commandeur se
rendrait à la lumière, à la vérité. Il n'était ni
de ceux qui accusent vite ni de ceux qui re-
viennent lentement. Quel beau retour à la vie
on lui préparait ! Mais c'étaient deux jours à
attendre.

Ainsi ballotée , que la marquise était bien
l'image de tous ceux qui, comme elle, ont
aventuré leur pauvre vie sur cette mer sans
rives ni fond qu'on appelle la politique ! Une
vague lui avait arraché deux enfans, une autre vague avait démâté sa fortune à la cour en
emportant dans ses plis son protecteur le duc
de Bourbon. Elle allait poser le pied sur un appui, sur ce commandeur qu'elle semblait avoir
ressuscité de son propre souffle, et le commandeur croûlait sous elle. Ce rocher était un
banc de sable. Toujours la grande mer. Enfin
elle apercevait un phare à l'horizon. Son salut

dépendait de cette dernière lueur. Il lui restait
le roi, mais rien que le roi.

La nuit que la marquise venait de passer
entre les regrets donnés à ses enfans et les
reproches qu'elle avait endurés du commandeur, allait finir. Avant de prendre un repos
qu'elle avait mérité, elle fit appeler Marine
pour lui ordonner de consacrer sa journée aux
préparatifs de sa grande toilette de cour. Elle
avait à lui dire sur quelle parure de diamans
elle avait fixé son choix, et mille autres choses
de cette importance. Un domestique vint lui
apprendre que, malade depuis la veille d'une
fluxion de poitrine, Marine s'était mise au lit.
Il fallait donc que la marquise remît ses ordres
à une autre dame de compagnie, contre-temps
qui affligea doublement la marquise parce que
personne ne savait aussi adroitement l'habil-
ler que Marine et parce que, d'année en année, elle avait aimé davantage cette excellente

créature, dont elle avait fini par faire à force de confidence et d'affection, quelque chose de grave et de familier entre la mère et l'amie.

La marquise ne sortit du sommeil faible et agité auquel elle s'était livrée pendant quelques heures que pour goûter du bout des lèvres au dîner, et se livrer ensuite au long et tortueux poème de sa grande toilette. Il serait faux de dire qu'elle chercha à être belle de sa simplicité, qu'elle voulût se distinguer par son élégante simplicité; on n'était pas reçu avec de la simplicité seule à la cour de Louis XV, le jour de son mariage. Tout était neuf et magnifique chez la marquise. L'équipage et les chevaux, la livrée et la toilette, la soie et les diamans. Par un bonheur inouï, elle échappait au supplice de la description, en lui opposant une monotonie de somptuosité à émousser la tentative. Autant vaudrait entreprendre de décrire le fond de la mer ou la voie lactée.

Quand elle entra dans sa voiture, à huit heures, le soir, aux rouges lueurs des torches résineuses portées par ses gens à cheval, et qu'elle s'assit sur le satin aurore de sa voiture à quatre chevaux, elle ressembla à ces apothéoses de Rubens où les reines sont des déesses, où les déesses sont des reines. Elle souriait sur son passage. Pourtant son cœur saignait. Ses enfans étaient partis de la veille, et que ne lui avait pas dit le commandeur !

La marquise avait déjà franchi le grand escalier du château, traversé les premiers salons, elle mettait le pied sur le seuil de la longue galerie où étaient le roi, la cour, les ambassadeurs, lorsque le maître des cérémonies, arrêtant par le bras le valet qui allait annoncer, salua la marquise, et la força, par ses saluts même, à reculer de quelques pas.

Surprise de cette démonstration inusitée, la marquise le fut plus encore en entendant le maître des cérémonies lui dire, avec la politesse impertinente de sa profession, qu'il la suppliait de ne pas lui demander les motifs qu'il était chargé de faire valoir auprès d'elle pour la dispenser d'aller plus loin.

— J'insiste, dit-elle en se relevant superbement, quoique plus pâle que le velours blanc de son corsage, pour que vous me disiez pourquoi vous me parlez ainsi.

— Madame la marquise, reprit alors le maître des cérémonies, j'aurai le regret de vous l'apprendre.

— Parlez, monsieur, et dispensez-moi des regrets.

— Une triste aventure qui s'est passée ces jours derniers à la Comédie-Italienne, a fourni aux propos de la cour un sujet de scandale.

— De scandale!

— Vous avez tout voulu savoir, madame la marquise.

— Oui, monsieur, tout, jusqu'au mensonge, jusqu'à la calomnie. Poursuivez!

— On a cité votre nom à côté de celui d'un certain jeune homme, d'un dragon, d'une façon de duelliste...

— Assez, monsieur, interrompit la marquise. On me chasse de la cour. Je me retire. Ah! l'on me chasse! Elle envoya au visage du maître des cérémonies un de ces inqualifiables sourires qui s'échappent des lèvres et du regard de ceux qui ne doivent plus jamais sourire. Elle sortit.

La marquise se fit ramener chez elle : elle étouffait de colère, de douleur; elle arrachait un à un tous les diamans de sa toilette pour donner un passage à cette mortelle colère qui bouillonnait dans ses veines, qui tordait ses lèvres, agitait ses mains, flamboyait dans ses regards.

Enfin elle arriva chez elle, en répétant, sans

pouvoir contenir cette exclamation : Chassée
de la cour, chassée de la cour ! moi ! chassée !

— Que voulez-vous? demanda-t-elle au domestique qui la suivait de salon en salon. Pourquoi me suivez-vous ainsi?

— C'est que...

— Qu'y a-t-il ?

— Marine est malade.

— Je le sais.

— Très malade.

— Que veut-on que j'y fasse? Qu'y puis-je?

— Elle va mourir.

— Mourir !

La marquise s'arrêta.

— Son mal a augmenté depuis votre départ.
Le médecin a dit qu'il n'y avait plus d'espoir.

La colère de la marquise tomba tout-à-coup
en apprenant la position désespérée de sa
nourrice.

— Conduisez-moi sur-le-champ auprès d'elle, dit-elle.

— Ah! vous lui ferez bien plaisir, madame la marquise, car elle n'a cessé de vous demander dans son agonie.

— Venez! venez!

Encore toute parée, tout étincelante, la marquise entra dans la chambre de Marine, s'assit près de son lit, et lui prenant la main, elle lui dit :

— Me voilà, ma bonne Marine.

Te voilà, murmura faiblement Marine, en s'efforçant de tourner la tête du côté où était la marquise. Je suis contente que tu sois venue. Je craignais...

— Que craignais-tu?

— De ne plus te voir. Dieu m'a fait la grâce que je lui demandais.

— Ne t'exagère pas ton mal, ma bonne Marine.

— Tu sais si je suis dure au mal et s'il me fait peur... Je ne passerai pas la nuit. La mort me galoppe.

— Quelle pensée ! Mais non... tu ne mourras pas, que deviendrais-je, moi ?

— Pauvre enfant ! J'y songeais. Tes enfans sont partis...

— Hier au soir.

— Moi, je m'en vais aussi.

— Tu vois bien que je ne puis rester seule.

— C'est ce que je me disais, et pourtant, mignonne, je me sens tirer les draps par la faucheuse.

— Ne me désespère pas. Je vais appeler les meilleurs médecins de Paris ; nous aurons cette nuit même une consultation. Nous te sauverons, puisque tu crois être en danger. Tu seras du moins plus rassurée quand tu connaîtras ton mal.

La marquise se leva.

— Reste. C'est le moins pressé ; encore une fois je n'ai pas peur, et mon mal, je le connais. C'est une fluxion avec point de côté, fièvre au cerveau. Ça me bat dans la tête comme le bourdon de Notre-Dame.

— On en revient souvent, toujours...

— Soit ! mais laissons mon corps. Je te le donnerai tout à l'heure, et tu en feras tout ce que tu voudras. Je suis bien plus inquiète, bien plus tourmentée pour mon âme.

— Toi ! ma bonne Marine ? mais tu es une sainte.

—Il y en a de plus saintes dans le calendrier.

— Est-ce que je ne sais pas, minute par minute toute ta vie, que tu m'as donnée ?

— Tu ne sais pas tout.

— La fièvre qui t'agite en ce moment te fait exagérer quelques petites fautes. Est-ce cela qui te tourmente ? Nous sommes à deux pas des Carmélites, veux-tu que j'envoie chercher au cloître le père Thadée? Un brave homme.

— Pas de père Thadée.

— Un autre ?....

— C'est à toi qu'il faut que je confesse la faute qui me pèse sur la poitrine comme une meule de moulin. Ecoute-moi. Cela m'étouffe.

L'agitation intérieure éprouvée par Marine raccourcit sa voix au point que la marquise fut obligée de se lever et de se pencher sur le lit pour entendre.

Les diamans effleuraient le visage de la mourante.

— Écoute, répéta Marine.

— J'écoute.

— Tous ces jours derniers tu m'as envoyée porter tes lettres au couvent de Saint-Maur.

— Oui, au commandeur qui m'a enfin répondu par une lettre hier au soir, par une lettre que j'ai trouvée dans ma main après le long évanouissement dont je fus frappée au moment du départ de mes enfans.

— Tu te souviens, reprit Marine, dont la sueur coulait par gouttes à ses tempes, que je te dis, d'accord avec tout le monde, que le commandeur avait été tué dans son duel au bois de Vincennes.

— Oui, mais ce n'est pas vrai, répliqua la marquise, je te convainquis toi-même, et depuis lors tu n'as plus persisté dans ton idée. Nous savons bien maintenant, toi et moi, qu'il est vivant. Voilà d'ailleurs sa lettre, celle d'hier.

La marquise mit la lettre dans la main fiévreuse de Marine.

— Je me tus, c'est vrai, reprit Marine ; je fus de ton avis contre celui de tout le monde.

— Tu continuas à porter mes lettres au couvent de Saint-Maur.

— Oui ! je continuai à porter tes lettres au commandeur.

Ici Marine jeta sur le visage de la marquise un coup d'œil de repentir, comme les mourans seuls en trouvent entre la terre et le ciel.

— Oui, poursuivit Marine, qui recueillait toutes ses forces, oui je lui portais tes lettres ; mais les réponses du commandeur...

—Les trois que j'ai reçues de lui, interrompit soudainement la marquise : celle où était une tache de sang, la première lettre, celle qui ne renfermait que sa signature, et enfin la dernière, celle d'hier soir, m'ont été portées par un moine, par quelque jardinier, par quelque employé du couvent. Je sais qu'elles n'ont pas été portées par toi.

— Mon enfant, ce n'est pas ce que j'ai à te dire et ce que je ne t'aurais jamais dit probablement si je n'avais été, comme ce soir, sur le point de rendre mon âme à Dieu.

Toujours penchée sur le visage de Marine, la marquise brûlait de recueillir le mot suprême de cette confession.

— Je t'ai vue, continua Marine, si désolée de cette mort du commandeur, si obstinée d'un autre côté à ne pas y croire, et puis je t'aime tant...

— Et puis ? demanda la marquise.

— Pardonne-moi, mon enfant, pardonne-moi ; oh ! pardonne-moi !...

— Marine, qu'as-tu fait ?

— J'ai prié un moine de Saint-Maur de m'aider à te tromper. C'est lui, c'est un moine qui a taché avec du sang la première lettre, c'est lui qui a contrefait, dans la seconde lettre, la signature du commandeur, c'est ce moine qui t'a écrit la lettre que tu as reçue hier au soir. Le commandeur est bien mort.

— Est-ce bien vrai ? s'écria la marquise en

soulevant Marine, en la mettant sur son séant, en opposant pâleur à pâleur.

Et sans attendre la réponse de Marine, la marquise la laissa tomber sur son oreiller, poussa un cri d'aigle blessé à mort, et sortit comme une folle de la chambre qui avait entendu cette étrange, cette épouvantable confession.

Peu d'instans après, la voiture qui avait ramené la marquise du bal de la cour passa encore sous la double porte de l'hôtel et partit au galop.

La marquise de Courtenay avait quitté Paris.

XIX

'Une des belles qualités qu'il importe de reconnaître à Paris, c'est l'absence totale de
mémoire. Il oublie avec une égale facilité le
bienfait et le crime, le héros et l'assassin, le
bonheur et la calamité. Il donne à chacun son

jour ou son heure, puis il passe à un autre objet d'attention.

Au bout d'un mois, il ne s'occupa pas plus de l'expulsion de la marquise de Courtenay, de sa disparition et de celle de son mari, que s'il n'eût jamais été question d'eux. Propos, anecdotes, chansons, épigrammes, tout fut mis dans le même tombeau.

La marquise avait pris, dans un moment de délire, le parti le plus sage ; elle avait quitté Paris, elle était sortie de la France, laissant sa maison à la discrétion de ses gens. On avait signalé son passage à Boulogne, puis sa résidence de quelques jours à Londres, mais on avait ensuite perdu sa trace. Etait-elle allée en Ecosse, s'était-elle embarquée pour l'Amérique? Nul ne pouvait le dire. Enfin, on ne sut ce qu'elle était devenue ; et personne ne chercha à le savoir. De tous ces chaleureux amis qui se pressaient à sa table et affluaient dans ses salons, aucun ne s'inquiéta de son sort. Un autre ministre était en faveur, d'autres protecteurs étaient en crédit, d'autres hôtels s'étaient ouverts aux manéges des ambitieux. Celui de la marquise restait silencieux et vide ; l'herbe croissait dans la cour. On l'aurait pillé impunément sans l'active clairvoyance de Marine, qui, abandonnée des médecins, durement délaissée par la marquise, était revenue à la santé par l'effet de sa bonne constitution. Marine ne perdit pas la tête ; elle prit les rênes de la maison, qu'elle se donna l'autorité de gouverner jusqu'à ce qu'il plût à Dieu de ramener sa maîtresse. Elle mettait de côté par ordre de dates toutes les lettres qui, de loin en loin, arrivaient de Madrid, et qui, sans nul doute, étaient adressées par Tristan et Léonore à leur mère. Au retour, la marquise les retrouverait.

Six mois s'écoulèrent, et aucune nouvelle de

la marquise ne parvint à l'hôtel; Marine commença à s'alarmer. Dans quel état devait se trouver le moral de la marquise pour qu'elle restât si long-temps sans s'occuper du sort de ses deux enfans dont les lettres demeuraient forcément sans réponse? Des remords venaient alors agiter Marine : elle aurait dû, se disait-elle, laisser toujours croire à sa maîtresse l'erreur qu'elle chérissait, l'erreur qui l'aurait fait vivre. Elle maudissait les scrupules religieux qui l'avaient entraînée à dévoiler la vérité, une vérité fatale. Le délire de la fièvre avait grossi dans sa conscience l'obligation de parler; et de cette confession étaient résultés tous les maux domestiques sur lesquels elle s'accusait et se lamentait dans les vastes salons déserts de l'hôtel.

Un an allait être bientôt écoulé depuis ce malheureux départ, lorsqu'un matin, de très bonne heure, une voiture de voyage s'arrêta toute poudreuse à la porte de l'hôtel. Le suisse courut ouvrir et la voiture entra.

Marine, encore couchée, levait la tête pour s'expliquer le bruit inaccoutumé qu'elle entendait dans la cour, habituellement si paisible : tout-à-coup la porte de sa chambre s'ouvrit et deux bras l'étreignirent.

Les premiers mots de la marquise furent :

— Et mes enfans?

— Tiens! lui dit Marine, en ouvrant le tiroir du secrétaire placé près d'elle, voilà toutes leurs lettres. Il y a bien long-temps que je n'en ai reçu. Quand ils ont vu que tu ne leur répondais pas, ils ont cessé d'écrire.

La marquise posa ses lèvres sur tous ces plis rangés en ordre par la soigneuse Marine, et se plut à savourer pendant quelques minutes les bonnes choses filiales qu'ils renfermaient.

Elle décacheta ensuite la première lettre.

Tristan l'avait commencée, Léonore l'avait finie.

« Chère maman,

» Nous sommes à Madrid depuis huit jours
» et installés, Léonore et moi, dans un très
» joli appartement de l'ambassade. C'est un
» petit palais dans un grand, mais nous auriez-
» vous envoyés au fond de la Chine, nous
» n'aurions pas été plus dépaysés qu'ici. Nous
» sommes peut-être en Chine; personne ne
» nous connaît et nous ne connaissons per-
» sonne, ce qui ne nous permet pas beaucoup,
» comme vous l'imaginez, de nous informer
» avec quelque raison de la santé de ceux qui
» nous font l'honneur de nous recevoir. Tout
» le monde s'est bien porté pour nous.

» Du reste, tout le monde est ici d'un sé-
» rieux glacial. Est-on dans un salon, on voit
» entrer des hommes qui ont de longs cha-
» peaux, de longs cheveux, de longues mous

» taches, de longs manteaux, par-dessus les-
» quels passe un long nez, et ils vont
» gravement tirer une longue révérence à la
» maîtresse de la maison. Ils restent debout
» sans parler jusqu'à onze heures ; à onze
» heures ils vont faire une seconde révérence
» dans le goût de la première, et ils se reti-
» rent : la soirée est finie.

» Jusqu'ici, je n'ai pas trop de regret d'i-
» gnorer la langue espagnole, puisqu'on paraît
» ne parler dans la société de Madrid aucune
» langue. Et nous qui quittons à peine Paris,
» où l'on cause tant, même lorsqu'on n'a rien
» à dire !

» A Madrid, règle générale, toutes les fem-
» mes sont vieilles : Léonore soutient qu'elles
» n'ont que cinquante ans ; moi, je vous as-
» sure, chère maman, qu'elles naissent à
» soixante ans révolus. Elles s'enveloppent
» dans d'immenses mantilles noires qu'il con-

» viendrait bien mieux, à mon avis, d'appe-
» ler des bastilles. On ne leur voit ni le bout
» des doigts, ni la pointe des pieds. Quel est
» donc le poète gascon qui a prétendu que les
» Espagnoles avaient les plus belles épaules du
» monde? Si jamais j'en vois poindre deux,
» je veux, pour me punir de les avoir niées,
» les embrasser, fût-ce devant le roi. Il n'y a
» de belles épaules qu'à Paris, et s'il y en a
» ailleurs, c'est qu'on les a fabriquées à Paris.

» Or, ces vieilles femmes parlent un peu
» plus que les hommes, mais c'est si bas, si
» souterrainement, qu'elles ont toujours l'air
» de se dire : — Priez, je vous prie, pour le
» repos de mon âme.

» Pour égayer un peu la nôtre, son excel-
» lence notre ambassadeur nous a fait conduire
» au Théâtre-Royal. C'est la plus belle grange
» que j'aie vue de ma vie. J'ai retrouvé là ma
» société noire et silencieuse. Elle semblait s'a-

» muser à mourir. On jouait ce soir-là au Théâ-
» tre-Royal le drame d'un célèbre poète espa-
» gnol ; car en Espagne, chère maman, tout
» est célèbre. Tous les capitaines sont célè-
» bres, toutes les victoires sont célèbres, tous
» les monumens sont célèbres ; il n'est pas jus-
» qu'au chocolat qui ne partage ce privilége.
» On vous offre du chocolat célèbre. Franche-
» ment il est bon. J'avoue qu'il est meilleur
» qu'à Paris.

   » Quel est donc cette longue diablesse de
» pièce qu'on nous a donnée ? Au premier acte,
» nous avons vu des moines ; au second, des
» moines ; au troisième.... Enfin, jusqu'au
» dixième acte, des moines. Impatientée, Léo-
» nore m'a dit tout bas un mot charmant :
« Que ne donnerais-je pas, mon cher Tristan,
» pour voir un tout petit sacristain ! »

   » Quelques jours après, nous avons été in-
» vités à entendre un célèbre prédicateur qui

» fait en ce moment les délices de la grandesse
» espagnole. L'orateur est un fort bel homme,
» comme tous les prédicateurs espagnols, du
» reste ; car s'ils n'étaient pas beaux, on ne les
» écouterait pas. Il ressemble beaucoup à
» l'Hercule qu'on voit dans notre salon d'été
» à la campagne. Seulement, il est plus gros
» que notre Hercule. Son succès fut prodi-
» gieux : j'en juge par le grand nombre de
» gens qui ont couru baiser sa soutane lors-
» qu'il est descendu de la chaire. Je ne puis
» vous parler que de sa voix, n'ayant pas com-
» pris une seule de ses phrases. Avec cette
» voix tonnante, il a imité le coq de saint
» Pierre, le bœuf de saint Luc, le chien de
» saint Roch, l'âne de Balaam, et le cri de tous
» les animaux qui jouent un pieux rôle dans
» l'Ancien et le Nouveau Testament. Notre
» Bossuet est une fourmi à côté.

» Nous nous portons aussi bien, chère ma-

» man, qu'on peut se porter dans une ville où
» l'on s'amuse tant. Croyez que nous n'y res-
» terions pas le temps de danser une sara-
» bande si ce n'était par obéissance à votre vo-
» lonté, qui sera toujours notre plaisir.

» Mes respects affectueux à mon père, un
» gros baiser à Marine et le plus cher de mes
» souhaits à vous.

» TRISTAN DE COURTENAY. »

Venait ensuite le paragraphe écrit de la
main de Léonore.

« Chère maman,

» Tristan n'est pas juste : il vous a dit la
» vérité, mais il ne vous l'a pas dite tout en-
» tière. Si nous nous sommes parfaitement
» ennuyés chez la grandesse castillane, à la
» cour et au sermon, nous avons enfin de quoi
» nous consoler et de quoi espérer. Au sortir
» du sermon, de ce fameux sermon dont vous
» a parlé Tristan, nous avons été abordés à

» la portière de notre chaise par un jeune sei-
» gneur espagnol, mis avec un goût charmant
» Il tenait à la main son chapeau à plumes ; il
» prenait la liberté de nous plaindre, a-t-il
» dit, avec une spirituelle courtoisie, de ce
» que nous avions eu si peu de motifs de nous
» intéresser au sermon. Il avait lu notre ennui
» sur notre visage. Il venait, au nom de la
» jeune Espagne, ajouta-t-il, faire des excu-
» ses à deux hôtes aussi distingués que nous
» pour la fatigue que nous avions dû éprouver
» pendant cette triste cérémonie. Mais, se re-
» prit-il avec un ton modeste et avantageux à
» la fois, tous les Espagnols ne sont pas tail-
» lés sur le modèle de ceux que vous avez con-
» nus depuis votre arrivée à Madrid ; et si hors
» de l'église il n'y a pas de salut, on peut du
» moins trouver, hors de l'église, de l'amu-
» sement, du plaisir, de la jeunesse et de la
» gaîté. Voulez-vous me permettre, a-t-il dit,

» s'adressant plus particulièrement à Tristan,
» de vous faire partager mon opinion? Vous
» ne pourriez, sans dureté envers l'Espagne,
» lui refuser les moyens de se justifier. Tris-
» tan a fait ce que j'aurais fait à sa place ; il a
» répondu gracieusement aux politesses de ce
» jeune étranger, et il a accepté de renoncer
» bien volontiers à son opinion sur l'Espagne,
» qui lui paraissait infiniment changée, a-t-il
» ajouté, depuis le peu d'instans qu'il avait le
» plaisir de connaître et d'entendre un si par-
» fait gentilhomme.

» Vous n'auriez pas douté un instant qu'il
» est gentilhomme, chère maman, rien qu'à
» la manière fière et simple dont il jette son
» manteau, qui le drape et ne le cache pas.
» D'ailleurs, il nous a dit son nom. C'est le
» comte don Alvarès de Tolède. Une chose qui
» m'a encore plus surprise que l'élégance de
» son costume, la délicatesse de ses manièr

» et l'expression de son regard, c'est la faci-
» lité avec laquelle il parle le français. A peine
» sent-on, lorsqu'il s'anime, un léger accent,
» qui n'ôte rien, je vous jure, au plaisir infini
» de l'entendre. Enfin, Tristan et moi sommes
» enchantés de cette rencontre. Nous nous re-
» gardons comme sauvés. De son côté, il se dit
» très heureux de nous avoir connus et d'avoir
» eu l'honneur de nous faire accepter ses ser-
» vices.

» Vous voyez, chère maman, que nous ne
» vous cachons, Tristan et moi, aucune des
» impressions que nous recevons en Espagne.
» Vous nous avez recommandé la franchise :
» je ne saurais vous en montrer davantage
» qu'en vous disant à cœur ouvert qu'après
» mon oncle, le commandeur, dont nous par-
» lons sans cesse Tristan et moi, pour le re-
» gretter et le pleurer, aucun homme ne m'a
» paru jusqu'ici, permettez-moi l'aveu, aussi

» complétement aimable que don Alvarès.

  » Hier au soir, il faut que vous sachiez tout,

» par une galanterie exquise, don Alvarès nous

» a envoyé à profusion des sorbets glacés, des

» fruits des Indes et des fleurs magnifiques.

» Nous étions occupés, Tristan et moi, à nous

» extasier sur ces gracieux présens, lorsqu'à

» minuit le bruit d'une sérénade nous a attirés

» à la croisée. La sérénade était pour nous.

» Je me suis endormie aux doux sons de la

» viole d'amour, de la guitare et des casta-

» gnettes. En vérité, ce don Alvarès, conve-

» nez-en, est charmant. Il est à peine jour

» dans nos appartemens, et voilà qu'un petit

» domestique indien, jaune comme une oran-

» ge, nous apporte de la part de son maître,

» don Alvarès encore, un billet où il nous prie

» d'assister à une fête qui se donne à la *Grotte*

» *de Calypso*, et qui durera trois jours. Trois

» jours de fête ! Ce soir la première fête. Tris-

» tan accepte, et je vais songer à mes trois
» toilettes. Soyez de moitié par la pensée,
» chère maman, dans tous les plaisirs que
» nous goûterons, et au milieu desquels nous
» ne cesserons de nous entretenir de vous.
» Je ne manquerai pas de vous écrire si don
» Alvarès a tenu sa promesse; s'il est parvenu
» à effacer la triste opinion que nous avions
» conçue d'abord de l'Espagne et des Espa-
» gnols.

« Votre fille sincère et obéissante,

» LÉONORE. »

Si la marquise fut contente de la franchise
de ses deux enfans, elle le fut beaucoup moins
de la joie qu'ils éprouvaient d'avoir fait si
fortuitement la connaissance de don Alvarès;
elle s'inquiéta de leur facilité à se confier à un
inconnu, à un étranger, rencontré par hasard
au milieu d'une rue de Madrid.

En pensant au caractère un peu soudain de

cette liaison, elle décachetait la lettre qui venait la troisième par ordre de date. Mais elle sortit tout-à-coup de sa réflexion. « J'oublie, dit-elle, qu'il y a bientôt un an que leur lettre est écrite, et que les suivantes m'apprendront tout ce que je n'ai pas besoin d'imaginer. »

La troisième lettre n'était pas de l'écriture de ses enfans. Elle était sans désignation de pays : « Qui donc m'écrit ? » Elle court à la signature. Point de signature ; rien que ces mots :

« Pourquoi vous êtes-vous séparée de vos enfans ? »

— Je me suis séparée d'eux, s'écria la marquise, comme si une voix du ciel l'interrogeait, pour que ma fille ne fût pas enlevée par ce... Mais continuons, s'interrompit-elle. Je vais savoir quel est ce jeune homme, cet Alvarès.

Elle rompit vivement le cachet de la quatrième lettre, et elle lut :

« La première des trois fêtes, chère ma-
» man, n'est pas restée au dessous du plaisir
» que nous en attendions, Léonore et moi.
» Comment seront donc les deux autres? Dé-
» cidément, je reviens de mon premier juge-
» ment sur l'Espagne. L'Espagne est un jar-
» din, l'Espagne est une fête, l'Espagne est
» le paradis. Je vous avais dit, je crois, que
» toutes les femmes naissent à soixante ans,
» en Espagne; quel blasphème! elles ne dé-
» passent jamais quinze ans. Celles que j'ai
» vues, et qui avaient produit en moi une si
» fâcheuse impression, étaient de fausses Es-
» pagnoles, des Portugaises probablement. La
» *Grotte de Calypso* est tout simplement le
» plus beau jardin du monde, planté d'acacias,
» de platanes et de roses. De distance en dis-
» tance s'élèvent des pavillons faits d'un tissu

» léger, sous lesquels on danse toute la nuit.

» Comme on danse en Espagne ! Les femmes

» ont une grâce particulière en dansant : leurs

» mains vous enlacent, leurs yeux sont près

» de vos yeux, leur sourire est sur vos lèvres ;

» on n'est plus sur la terre. Elles feraient dan-

» ser les morts. Je m'en suis donné comme un

» fou. Après le bal, la musique ; après la mu-

» sique, les sorbets glacés ; puis le souper,

» puis encore le bal.

» Tout vous raconter serait une entreprise

» chimérique, et pourtant je craindrais de

» vous cacher quelque chose, de peur de

» manquer à la promesse que je vous ai faite

» de ne rien vous laisser ignorer de mes ac-

» tions. Vous m'avez conseillé, chère maman,

» d'aimer tous les hommes ; j'ai un peu

» étendu le privilége, car j'aime maintenant

» toutes les femmes. Est-ce mal ? J'ai encore

» suivi vos conseils, en disant franchement à

» toutes qu'elles me plaisaient, qu'elles me
» ravissaient.

» Une d'elles m'ayant prié de jouer à sa
» place; je me suis prêté à cette complaisance
» qui lui a porté bonheur. En une heure j'a-
» vais devant moi deux mille piastres, c'est-à-
» dire dix mille livres. Elle les a converties
» en or, et cet or est passé dans une des lon-
» gues et étroites poches qu'elles portent sous
» leur jupe de satin noir. Je lui ai seulement
» demandé la permission de remplir les fonc-
» tions de caissier. Mes appointemens ont été un
» baiser espagnol, que je convertis, comme je
» l'ai fait pour les piastres, en un baiser fran-
» çais que je vous envoie.

» Voilà à peu près l'histoire de ma pre-
» mière nuit. Je passe la plume à Léonore,
» qui va vous raconter sans doute ses impres-
» sions avec la même franchise.

» Votre fils, TRISTAN. »

Grâce au ciel! s'écria la marquise, il ne m'a pas dit un mot de cet Alvarès. Il n'était pas à cette fête où Tristan aurait prudemment fait de ne pas conduire sa sœur. J'ai eu une fausse terreur. Que me dit Léonore? Voyons.

« Ce don Alvarès dont je vous ai parlé dans » ma dernière lettre m'a avoué, et je vous l'a- » voue à mon tour, chère maman, que la fête à » la *Grotte de Calypso* était donnée pour moi. »

Ah! je m'étais trop tôt rassurée, s'écria la marquise. Voilà cet Alvarès qui reparaît, et auprès de ma fille! Mes craintes recommencent.

« Aussi, tandis que chacun se livrait aux » plaisirs bruyans de la fête, lui ne m'a pas » quittée un seul instant. Il me disait que tou- » tes ces femmes ne valaient pas mon ombre; » qu'à leur folle gaîté il préférait un de mes » sourires; enfin, il m'a dit qu'il m'aimait » beaucoup. »

Avec quelle naïveté elle parle de son danger ! s'interrompit en frémissant la marquise.

Elle reprit :

« Vous m'avez recommandé la plus grande
» franchise envers tout le monde, chère ma-
» man. Aussi est-ce avec franchise que je lui ai
» répondu que ses complimens me flattaient
» beaucoup, et que, s'il m'aimait, j'avais pour
» lui, de mon côté, des sentimens affectueux
» dont je ne me cachais pas. »

La marquise murmura : Mon Dieu ! dans quel piége va-t-elle tomber ? Elle y va seule !

« Je me suis conduite, chère maman, comme
» vous me l'avez conseillé. J'ai dit ce que
» j'éprouvais, et je ne veux pas être moins sin-
» cère en vous avouant que, si je trouve don
» Alvarès un jeune homme accompli, pétillant
» de grâce, plein d'attention pour moi, je ne
» le mets pas au dessus de mon oncle bien-
» aimé, le commandeur, quand je les com-

» pare tous les deux aux autres hommes.

» Don Alvarès m'a éblouie, étonnée, troublée,

» mais il me semble qu'il n'a pas en lui le

» charme tranquille et continu du seul homme

» avec lequel mon inexpérience a pu le mettre

» en parallèle. La femme de don Alvarès serait

» brillante, enviée, mais celle qui serait deve-

» nue la compagne de mon oncle eût été assu-

» rément très heureuse. »

D'où lui viennent toutes ces pensées ? dit la marquise, sur qui retombait le poids de la périlleuse simplicité de son enfant. Elle avait oublié qu'on n'imposait pas une conduite sans connaître toutes les faces d'un caractère, et que les maximes tombent toujours à côté sans cette étude. Son père, le comte de Canilly, lui avait dit : « Sois fausse, dissimulée, subtile, » et pour n'avoir pu l'être complétement elle s'était perdue. Elle avait dit à son tour à sa fille Léonore : « Sois franche, » et pour ne pas lu avoir indiqué le point où devait s'arrêter la franchise, sa fille s'abandonnait aux séductions peut-être criminelles du premier corrupteur venu.

Sachons tout, reprit-elle tristement.

« Si ce mot mariage est venu sous ma plu-
» me, c'est que don Alvarès m'a priée de lui
» accorder la permission de vous écrire ou
» d'aller bientôt à Paris pour vous demander
» ma main. Je n'ai pas refusé, et il a paru
» bien heureux de ce consentement. Pour-
» quoi, chère maman, n'ai-je pas été élevée
» à le connaître, à le voir souvent, à l'appré-
» cier et à l'aimer, d'abord d'amitié tendre,
» comme j'aime mon oncle, avant de l'aimer
» comme on doit aimer quand on se marie?
» Vous déciderez de son sort et du mien : Il
» dit qu'il mourra si vous rejetez ma demande,
» et comme il pleurait en me disant cela, j'ai
» pleuré aussi. Je vous ai montré, chère ma-

» man, le fond de mon cœur ; il ne s'y est
» glissé ni une pensée, ni un sentiment que
» vous ne puissiez y voir. Je pense que vous
» serez contente de la docilité de votre fille,
» qui vous a gardé sa plus vraie, sa plus éner-
» gique pensée pour la fin de sa confidence.
» Je suis effrayée d'être si loin de vous. Je
» suis heureuse, mais j'ai peur, ah! bien
» peur.

  » Votre fille bien aimante et bien aimée,

     » LÉONORE. »

— Marine, dit la marquise, je suis menacée
de quelque épouvantable malheur. Je n'ose
pas ouvrir ces trois autres dernières lettres.
Ma vie est là.

— Aie confiance, reprit Marine.

— Confiance en quoi ? répondit la marquise
en jetant à la face du ciel le mépris silencieux
des athées.

Enfin, elle ouvrit une des trois dernières lettres. Celle-là était encore écrite de la même main inconnue, et se renfermait dans la même brièveté :

« Faites revenir au plus vite vos enfans. »

— Mais comment ! mais comment ? dit la marquise épouvantée de ces avertissemens mystérieux. Puis elle ajouta : huit mois se sont passés depuis que cet avertissement m'est donné, huit mois !

Finissons-en, se reprit la marquise, en affrontant le contenu des deux dernières lettres. Celle-là est de Léonore. Lisons :

« Chère maman ,

» La seconde fête eût été aussi attrayante » pour nous que la première, si mon frère, » Tristan, n'eût pas joué toute la nuit avec don » Alvarès, qui lui a gagné sur parole huit cent » mille livres. »

— Huit cent mille livres ! s'écrièrent la marquise et Marine.

« Tristan est désespéré. Il faut qu'il paie et
» il n'ose vous avouer sa perte. C'est donc
» moi, chère maman, qui me charge de vous
» annoncer ce malheur. Prenez sur mes biens,
» s'il le faut, pour acquitter au plus vite cette
» dette, car l'on dit à l'ambassade que l'hon-
» neur de notre maison s'y trouve engagé. Ce
» n'est pas que don Alvarès exige cette somme ;
» au contraire, il m'a dit avec beaucoup de
» courtoisie qu'il ne se souviendrait de la dette
» de mon frère que le jour où il aurait l'hon-
» neur de vous demander ma main, car il est
» décidé à aller bientôt à Paris. C'est un compte
» qu'il prétend régler avec vous, ajouta-t-il en
» souriant, et son sourire me rassura. Dans
» votre réponse vous m'enverrez, n'est-ce pas,
» le pardon de Tristan. Ne le faites pas trop
» attendre, mais écrivez-nous, écrivez-nous!

« LÉONORE. »

— Où étais-je donc? dit la marquise en écla-

tant; je serais partie, je serais allée à Madrid.
J'aurais vu ce don Alvarès. Ah ! je ne voudrais
pas avoir la pensée que j'ai en ce moment sur
cet Alvarès !

Et ta pensée à toi, Marine, quelle est elle ?

Marine baissa la tête ; puis la relevant avec
un éclair de salut, elle dit :

— Mais quelqu'un veille auprès d'eux. Ces
deux lettres d'une personne inconnue...

— Eh bien ! dis ! de qui crois-tu qu'elles
sont ?

— N'est-ce pas leur père, n'est-ce pas ton
mari qui te les aurait écrites ?

— Monsieur le marquis de Courtenay est
mort depuis long-temps, murmura la marquise.

— Encore cette lettre à lire, ajouta-t-elle,
et nous n'aurons plus rien à savoir. Elle est de
Tristan.

« Du courage, ma mère ! l'homme qui m'a

» gagné huit cent mille livres au jeu, ce don

» Alvarès, vient d'enlever ma sœur Léonore

» pendant la nuit de la dernière fête. J'ai su

» trop tard qu'Alvarès n'était pas son nom,

» que son industrie était le jeu et qu'il était

» méprisé à Madrid pour avoir déserté un jour

» de combat dans la dernière guerre des Es-

» pagnols et des Portugais. Je ne reparaîtrai

» devant vous, ma mère, qu'après avoir vengé

» l'honneur de ma sœur.

« TRISTAN. »

— Crois-tu qu'il y ait un Dieu? dit la mar-

quise en regardant Marine.

— Maman! maman! cria une voix qui fit

frémir jusqu'à la moëlle des os la marquise et

Marine.

— Suis-je folle?

— Non c'est sa voix; c'est la voix de ta fille.

Les deux femmes n'avaient pas la force de

se mouvoir.

— La voix de ma fille !

— Maman! maman !

— Léonore! répondit la marquise sans pouvoir bouger. Ma fille ! ma fille ! ah ! ma fille !

Deux bouches se collèrent et ne parlèrent pas.

Le dragon rouge était adossé contre la porte et il regardait. Il attendait que ces deux statues se fussent disjointes.

La marquise ne l'aperçut que lorsqu'elle entendit sa voix.

— Madame la marquise, lui dit-il avec une ironie grave, j'ai obtenu ce que vous m'avez refusé.

La marquise pressait sa fille entre ses bras comme si celui qui lui parlait avait voulu la lui arracher.

Votre père, M. le comte de Canilly, a ruiné le mien et j'ai repris sur vous huit cent mille

livres dont l'honneur de votre fille me répond.
Je les aurai.

Vous avez tué ma famille et j'entre dans la
vôtre en épousant vore fille, qui est à moi.

— Jamais! cria d'une voix étouffée la marquise.

— Vous ne pouvez plus me la refuser, reprit Raoul de Marescreux.

— Misérable!

Vous ne pouvez plus me la refuser, vous
dis-je. Il y a plus, c'est maintenant à vous à
me l'offrir, madame la marquise. Vous ne voulez pas que je parle, n'est-ce pas?

— Tu ne parleras pas! s'écria une voix
qui fit blanchir le visage de tous les acteurs de
cette terrible scène.

Cette voix était celle du commandeur.

Il entra dans la chambre tel qu'il s'était montré autrefois au dragon rouge dans l'allée de
Vincennes. Il tenait son pistolet à la main.

— Nos conditions étaient, dit-il à Raoul de Marescreux, qui recula contre le mur à la présence, à la voix, devant les pas de ce fantôme, nos conditions étaient, « que celui qui aura » essuyé le feu de l'adversaire pourra faire feu » à son tour, quelle que soit la gravité de sa » blessure, sans qu'il soit apporté aucun em— » pêchement. Debout, assis, couché, il pourra » tirer sur son adversaire. » Vous m'avez cru mort, je suis debout, mon arme est encore chargée. C'est à moi à tirer.

Le commandeur appuya son pistolet sur le cœur de Raoul de Marescreux.

— Vous êtes plus qu'un lâche, lui dit-il encore, vous êtes l'homme qui n'a eu qu'un duel.

Raoul de Marescreux reçut la balle dans le cœur, il ne poussa pas même un cri en tombant.

— Mon ami, lui dit la marquise, qui n'avait

plus la conscience de ce qu'elle voyait, ni de ce qu'elle entendait : Vous avez rendu la vie à la mère, et elle ajouta, en mettant Léonore dans les bras du commandeur : Maintenant rendez l'honneur à la fille. Faites pour moi ce que je fis pour vous en épousant votre frère, sacrifiez-vous.

— Voulez-vous de moi pour votre femme, dit Léonore en relevant la tête.

— Et pour mon enfant, dit le commandeur.

Avant qu'ils ne sortissent tous de cette chambre où venait de se dénouer ce grand drame de famille, le commandeur se tourna vers Marine et lui dit : Le prétendu moine qui imitait mon écriture, c'était moi.

FIN.

SOUS PRESSE,

CHEZ LE MÊME ÉDITEUR,

POUR PARAITRE EN MARS.

LE

CHATEAU DES PYRÉNÉES,

PAR M. FRÉDÉRIC SOULIÉ.

LE

BEAU D'ANGENNES,

PAR M. MAQUET.

Paris.—Imprimerie de Boulé et Cᵉ, rue Coq-Héron, 3.